无有定论 策划

绿皮火车

一直在路上

周云蓬 著

江苏凤凰文艺出版社

果麦文化　出品

时间这列透明的火车,

载着我向前,不舍昼夜。

目 录

自序　1

第一篇

漫游世界

7

绿皮火车　9
北京之胜利逃亡　21
文艺常州　24
请到天涯海角来　27
太平山上听香港　30
梦忆三峡　33
似曾相识的什么州　36
耳闻阿维尼翁艺术节（之一）　39
耳闻阿维尼翁艺术节（之二）　42
这里黎明静悄悄　45
阿维尼翁的一天　48
日复一日的法国闷生活　52
为什么一个小城要那么多的教堂　55
途穷幕落阿维尼翁　58
死之静美　62
新疆西游记　65

跟寒流赛跑　69

刹车计划　72

时间的标记　75

喧哗与骚动　78

岁末一日　80

命运中的上海　83

那些租来的房子　88

跑得那么快去哪儿　97

跟着古人去旅行　101

青春疗养院　105

吴哥窟教会我无目的摄影　109

摸石头听耶路撒冷　113

伊斯坦布尔的气味　123

第二篇

路上的歌

129

吉他的故事　131

卖唱者言　134

第一次出国看演出　137

马不停蹄的音乐节　140

永远年轻，永远不听话　143

关于凡·高的经典民谣　147

白银米店　150

左小祖咒的《恩惠》　153

矜持的狂欢　156

曾经很蓝调　160

江南梅雨愁煞人　163

上海滩唱上海歌　165

民谣救护车　168

牛羊下山，亡羊补牢　171

我们就要唱方言　175

风吹雷劈音乐节　178

音乐路上的废弃驿站　184

《四月旧州》记　188

舞台有神　193

第三篇　相遇的人　197

老罗的奋斗　199

只身打马过草原　205

首如飞蓬　208

大海在对我们说什么　211

鲍勃·迪伦们　214

大时空中的小人性　217

诗人的节日 220

诗歌的声音 223

星星与命运 228

平凡的奇迹 231

"周云蓬2011年度好书格莱美"颁奖典礼 234

行走的山楂树 237

想念一条倒淌河 240

特立独行的汽笛 244

阿炳的一天 247

痴心不改,民营书店 250

暂别南都 253

新民谣急先锋小河 255

野孩子:大河之上 259

评头论足乐评人 264

一个人过春节 269

我爸爸 273

我妈妈 280

第四篇 唱遍这世界

小牛和小燕子　287

余秀华之歌　288

闪念　290

瓦尔登湖　292

失明的城市　295

不会说话的爱情　299

随心所欲　301

盲人影院　303

北极光　305

空水杯　307

小王子　309

沉默如谜的呼吸　311

北京三次　312

山鬼　315

幻觉支撑我们活下去　317

吹不散的烟　319

鱼相忘于江湖　321

散场曲　322

番外 关于老周

温暖和百感交集的旅程　327
关于周云蓬的二十二件小事　332
浅聊周云蓬　346
夜行者说　353

自　序

转眼《绿皮火车》已经出版好多年了。当初写《绿皮火车》的情景，隔着岁月回望如镜花水月。

这本书源自为某报纸的副刊写的一篇小文章，后来没有被采纳。恰好韩寒要出一本杂志，名字叫《独唱团》。经朋友推荐，就发给了他。没想到他很看重这篇小文。不但采用，还将它列为篇首。他给我写了一封亲笔信，表达谢意，温文尔雅大有古人之风。

后来借着这股东风，集结了若干文章，做成了一本书，名为《绿皮火车》。大概快成为畅销书了。

时过境迁，如今又要修订再版。尽管动车高铁早已取代了绿皮火车，速度越来越快。那种能随时打开车窗，站台上买烧鸡，买劣质白酒，来不及找零钱的时代，如白驹过隙，一骑绝尘。我还是希望绿皮火车继续开下去。

如今高铁上没有了邂逅和故事。大家都埋头刷短视频，偶有熊孩子奔跑打闹。人们脸上写着无可奈何或麻木不仁，无论去哪儿旅行，只不过是换个地方上网罢了，车窗外一闪而逝的雪山草原仅仅用来拍照打卡发朋友圈。要是你胆敢主动跟同座的人搭讪，人家会以为你是骗子或者精神不正常。

当年，我因为失恋，坐上绿皮火车，从北京出走银川，又去了兰州、西宁、哈尔盖、格尔木、那曲，一直到拉萨。写了《不会说话的爱情》，自我疗愈，自我放逐。可否治愈，不得而知。倒是留下了这首歌，无数个现场，唱得痴男怨女伤心欲绝。

"期待更美的人到来，期待更好的人到来。期待我们的灵魂附体它重新回来。"

今年我已经五十四岁了，据说头发也花白了。故事不断翻篇，朋友聚了又散。

时间这列透明的火车，载着我向前，不舍昼夜。

终点当然是死亡。

所以希望它还是磨磨蹭蹭地慢点开。

欢迎晚点，鼓励延误。

前方还有什么故事？什么人？依然忐忑，满怀期待。

我现在在京都，每天早上被附近佛光寺的晨钟唤醒。

读书基本上是重读，如老牛反刍，刚刚还在读《水浒传》和《金瓶梅》。

这两本书也可以看作一本书。武松西门庆潘金莲王婆蔡京梁中书等等，两本书里都重复地出现过。一帮强盗和一群荡妇，走向晦暗的地平线，构成没落时代的遥远背景。大乱将至，好人凋零。生灵涂炭，人鬼莫辨。

两本书参照着读，别有一番滋味。我喜欢这种纵横捭阖的读书方式。由一本书到另一本书，曲径通幽，环环相扣。本来世界就是个大迷宫。

此刻坐在清晨的阳台上，抚今追昔，写这篇序言。人类的旅行者一号，已经飞到太阳系边缘了。上面有中国的古琴曲流水。从旅行者一号，回望地球拍的照片，地球只是个遥远模糊的蓝色光点。然后我就在这个小蓝点上写着，想着。

天上有乌鸦嘎嘎地叫。据说，一休和尚就是听京都的乌鸦叫，开悟的。

我虽已天命之年，却依然懵懂。有时候还会蠢蠢欲动一点春心，忘记自己已到"月落乌啼霜满天"的年纪了。

可能我这种情况，更不容易自知。因为看不见自己的容颜，会错以为自己还年轻呢？

如果马斯克那个人脑接口能实现，让盲人重见光明，如果突然能看见自己了，我估计会吓一跳。我这衰朽的老丑模样！还敢上台演出，太没自知之明了。

所谓眼不见心不烦，到底好不好？好不好，生活都要继续下去。姑且顺其自然吧。

感谢"无有定论 Unending"的负责人李洁，是她促成了这本书的再版。

感谢果麦文化达成了这本书的再版。

感谢老朋友巫昂，是她一再从中撮合，据她说，还要把《绿皮火车》改编成剧本，搬上荧幕呢。

感谢我的经纪人大泳，最近坐飞机和高铁，东游西逛，都是他安排购票，并且报销路上衣食住行的费用。

感谢生活助理青尼拉姆，她经常协助我各地巡演和旅行；还有在海外的助理小朱，陪我在异国他乡购物、逛街。

感谢老妈妈，八十多了，住在大理，身心健康，让我无后顾之忧。

感谢导盲犬熊熊,在大理享受退休生活,让我还有所牵挂。

感谢曾经给《绿皮火车》写序的老罗,他的"真还传",依然引领时代风口浪尖。

感谢这些年陪伴我的朋友们,永远难忘我们在一起的美好时光。

时间的列车继续向前,大家请别先下车。

让我们一直到终点。

茶水沏上,烧鸡啃着。

故事讲着,小曲儿唱着,春梦做着。

天天有段子,奔向元宇宙。

等下车的那一刻,我们要自豪地挥手告别,我们曾经一起虚度了好年华,糟蹋了好青春。

曾经年轻,曾经热泪盈眶,但愿人长久。最后,为了风烛残年的幸福,有尊严地活着,为了上述的亲友的爱,第一百次地决心戒酒。

2024 年 9 月 28 日晨
周云蓬 写于京都

第一篇　　漫游世界

你去你的未来，我去我的未来。

——周云蓬《不会说话的爱情》

绿皮火车

火车轮子转动的声音，就像雷鬼乐，让人身心放松，所以火车有可能治愈人的失眠和抑郁症。我们小时候看的《铁道游击队》《瓦尔特保卫萨拉热窝》《卡桑德拉大桥》都是有关火车的故事。男孩们把钉子放在铁轨上，等火车开过，你就有了自己的小李飞刀。姑娘们期盼火车把自己送到遥远的地方，绝不嫁给邻居家的小二黑。我们敬畏这么个大铁盒子，能够如此凶猛、如此持久地奔跑下去。

1

我家在铁西区,铁西区是沈阳的工业中心。"铁西"名字的由来是因为有个铁路桥在我们的东边。每次坐公共汽车路过那里,我都要踮起脚向桥上看,那里时常会有火车经过,那种力量和速度,以及它要去的远方,令一个孩子兴奋和恐惧。

后来,我患上青光眼,妈妈带我去南方看病,那时从沈阳到上海需要两天一夜,感觉真是出远门。很多邻居都到我家来,让妈妈帮忙带上海的时髦衣服、泡泡糖、奶油饼干,很多小朋友甚至羡慕我说,他们也想有眼病,那样就可以去上海了。那是20世纪70年代的中国。

在火车上,孩子的兴奋也就那么一会儿,接下来是疲惫、困倦,妈妈把她的座位空出来,这样我就有了小床,睡得昏天黑地的。那时不懂事,不知道妈妈这一夜是怎么熬过去的。快到长江的时候,妈妈把我叫起来,说前方就是南京长江大桥,在无数宣传画上看过的大家伙,我就要亲眼看到了。

在夜里,过桥的时候黑咕隆咚,只看见一个个桥灯唰唰地闪向后方,想象着下面是又深又宽的江水,火车的声音空空洞洞,变得不那么霸道了。大概持续了十几分钟，当时想这桥该多长啊，一定是世界上最长的桥，就像我认为中国是世界上最大的国家，沈阳是中国最大的城市，当然除了北京。

2

我十六岁了，是个失明七年的盲人，确切地说，我是个像张海迪一样残而不废的好少年。我可以拄着棍子满大街地走，能躲汽车过马路，进商店买东西。

一天，我告诉妈妈我要去同学家住几天，然后偷偷买了去天津的火车票。那时我已经知道，沈阳只是个落后的工人村，远方还有成都、武汉、天津、北京。

我乘坐的是从佳木斯开来的火车，因为是过路车，没座位。我坐在车厢连接的地方，想象着将要面临的大城市。我终于可以一个人面对世界了，拿出事先买好的啤酒和煮鸡蛋，喝上两口，于是世界就成我哥们儿了，和我在一起。

坐在我旁边的是个老头儿，他咽着口水，说："小伙子，能给我一口吗？"我把自己喝剩下的半瓶啤酒给了他。他说我看上去就不是个凡人，将来一定前程远大。

我一高兴，又给了他两个煮鸡蛋。

到了天津，住在一家小旅馆里，一天两块钱。在街上走，听了满耳朵的天津话。接下来，坐了两小时的火车，到了伟大祖国的首都——北京。

那时我是那么崇拜文化，一下火车就去了王府井书店，还没拆的那个。傍晚，去了陶然亭，因我刚听过收音机里播的《石评梅传》，想去拜祭一下这位遥远的才女。

3

爸爸说，你要想唱歌，就得向毛宁学习，争取上中央电视台，人家就是沈阳出来的。这时我已经在北京卖了一年的唱，攒了一书包的毛票，都是卖唱赚来的。我要去云南，确切地说是去大理。从北京到昆明，要坐五十个小时的硬座……

头十个小时，是对云南的憧憬，想象着那些地名，仿佛摩挲着口袋里一块块温润的玉石。

十个小时后，这玉石也有点浑浊了，怎么熬时间呢？我开始留意周围人的谈话。

斜对面座位上的在聊原子弹，还有三十八军、林彪。

我听了一会儿，换个台，后面隔一排的在讲金钱、成功、人生的境界。再换一个，远处有个姑娘说着她即将见面的男朋友，好像在昆明教书，她买了一水桶的玫瑰花去看他。姑娘说得正陶醉呢，不想水桶漏了，淌了一车厢的水。

二十个小时后，周围的声音都变远了，有点像喝醉酒的感觉，开始回忆自己看过的某本小说，或者考自己，如前年的今天自己在哪里，在做什么，然后加大难度，五年前，六年前，七年前……有时候，感觉自己某段时间消失了，怎么也想不起来那段日子活了些什么内容。于是，精神头来了，慢慢地找线索，迂回着手挖脚刨，朝记忆的盲区匍匐前进。

三十个小时后到贵州，困得实在受不了了，干脆放下矜持，躺在车厢过道上，歪着头蜷着腿，那真是安忍不动如大地。可是，推小车卖东西的人来了就马上要爬起来，走了再躺下，还有上厕所的人从你身上跨来跨去……那时，我的头发已经留长，活了半辈子，没想到头发也可以被人踩。

昆明的梅子酒太好喝了，小饭店太便宜了。我一放纵，就把几百块钱都花光了。接着到处找酒吧唱歌，未遂，再不走，真得要饭了。恰巧长沙有个朋友愿意收留我，我就买了一张到怀化的票。还有大半程的时候我只能逃票了。平生第一次犯法，非常紧张。

车过怀化，票已经失效，怕来查票，可偏偏不来，就那么在想象中吓唬着你。后来，我想到最危险的地方最安全，就主动找到列车员，询问天气情况，问他几点了，问湖南有啥好玩的，问他喜欢啥音乐，问得列车员不耐烦，躲了我好几回，我终于活学活用"孙子兵法"逃到长沙。

过了不久，我在另一次旅程中又撞上了法律。话说，我和一个朋友去泰安，我那朋友是个世界名著狂兼摇滚音乐迷。

一路上，他和我讨论马尔克斯、鲍勃·迪伦、荒诞派、存在主义，引得旁边的人侧目。我们下车的时候，突然有个便衣拦住我的朋友，说要搜查，不允许他下车。他们在车厢门口争执起来，我那朋友往站台上冲，警察往车厢上拉，后来又来了几个乘警，终于把他拉上了车。这时开车时间已经被延误了半个多小时，最后火车把他拉走了。

我被留在站台上，火车站的警察把我带到候车室。

在我的行李里，他们发现了一个满是旋钮的陌生仪器，激动得声音都变了，问这是什么。我说这是吉他用的效果器，他们不信，于是我给他们现场讲解哪个钮是干什么的，还插上吉他来了一段，他们才不怀疑了。

过了一会儿，火车上的乘警来电话，说调查过了，车厢里没人丢东西。问了问周围的乘客，我们在车上说了些什么，大家说，他们说的都是外国人的名字，没听懂。于是警察教育我："尽管排除了你们是小偷的嫌疑，但是在公共场所高谈阔论胡说八道也是不对的，看你们态度挺好，这次就算了。"我那个朋友交了五十元罚款，到下一站才被赶下车。

4

北京是一个"大锅"，煮着众多外地来的艺术爱好者，煮得久了，就想跳出去凉快凉快。但"锅"外面荒凉贫瘠，没有稀奇古怪的同类交流，那就再跳回来。

2001年，我被煮得快窒息了，就去了火车售票处，我问了很多地方都没票了，问到银川的时候窗口说有，就买了一张。大概是43车次，北京开往嘉峪关的，够远够荒凉。上车后，发现人很少，到最后，可以躺在座位上睡觉。我在银川的光明广场上卖唱，赚得盘缠，继续向西，到兰州，在西北师大卖唱，遇到一个有同性恋倾向的小伙子，他主动帮我订房间，花钱请路边的孩子为我擦皮鞋，请我吃菠萝炒饭，后发现我非同道中人，又突然消失了。

坐火车来到西宁。半夜了，西宁火车站候车室空空荡荡，我正盘算着下一步去哪里，一个姑娘在我旁边坐下，很有方向性地叹着气，我心里窃喜，莫非传说已久的艳遇来了？

那时，火车上总流传着这样的故事：在长途列车上，某姑娘坐在你旁边，她困极了，就下意识地靠在你肩膀上睡着了，你虽然也困，但为了陌生的姑娘能睡好，一天一夜保持坐姿纹丝不动，等姑娘醒了，马上决定嫁给你。

回到我的现实里，我问她是否遇到什么困难，需要帮忙吗。她说她在西宁打工，老板拖欠工资，现在身无分文，要回家。我连忙拿出卖唱时别人塞到我包里的饼干、面包，与她分享。

第二天，我们坐上了去青海湖的火车。

车上已经能见到念着经的人，海拔越来越高，几乎感觉不到身后那个"大锅"的温度了。

我们在哈尔盖下了车。哈尔盖火车站旁边，只有一个饭店、一个旅馆，还有一个小邮局。吃饭的时候，我喝了两杯青稞酒壮胆，问她能不能做我的女朋友。她说，她有男友了，在兰州上大学。她问我约她来青海湖是否就是为了让她做我的女朋友，我在心里点了点头，嘴上说不是。

晚上，我们住进了那个小旅馆的一个双人间，门在里面不能反锁，得用桌子顶上。半夜，有喝醉的人敲房门，我担心得一夜睡不着，以为住进了黑店。

早起，她说，既然你都把话说明了，两人再一起走就太尴尬了。她也怕对不起自己的男友。我说，你要去哪儿？她说想回兰州。

哈尔盖只有两个方向的火车，她去兰州，那我就只好去格尔木了。我们买了票，我先上车，我想最后拥抱她一下，说些祝福的话，但上车时，人很挤，她一把把我推上车，车门就咣当一声关上了。

格尔木，那是通往西藏的路，车厢里，有更多的人在诵经。酥油茶的味道，陌生的站名，晚上车里很冷，外面是火星一样的茫茫盐湖，我感到透骨的孤单。后悔，干吗偏让她做自己的女朋友，就一路说说话不也很幸福吗？

到了格尔木，铁路到头了。

再向前，是几天几夜的长途汽车，是牦牛的道路、大雪山、那曲草原……这时，我又想念起那个遥远的"大锅"了，它是温暖的，可以肌肤相亲的，世俗的，有着人间的烟火。

5

我现在在北京的住所离火车道不到一百米，火车在我的听觉里很准时地开来开去。那种声音低沉平缓，像是大自然里风或树的声音。对于我来说，它们不是噪音，有着安神静心的作用。

一段时期，我会经常梦见一个小站，好像是北方的某个城市，梦里的我要在那儿转车。站台整洁干净，好像还刚下过一场小雨，基本上也没什么工作人员，两排铁栅栏圈起一条出站的路。有时候梦见自己要在那儿等半个小时，列车开走了，站台安静得让人想打哈欠。

有时候梦是这样的：由于等车的时间太长，自己就出站到城里转了转，离车站不远有一条河，类似天津的那种海河。马路上有几辆中巴在招揽客人,是通往郊区的,在郊区有一所不太好的大学。整个城市的色调是那种浅灰色的,街上的人都很少说话。有时候梦又变了,我在那个城市的售票大厅买票,排着长队,地面踩上去全是黏糊糊的锯末。

清醒后会想为什么老梦见同一个地方,它是不是我曾经路过的某个城市?但在真实的生活里,我的确没去过这个地方。我有时查北方地图,觉得它应该在河南靠山东的某个小城。

关于火车,还有很多血腥和死亡。在我童年的记忆里,火车道旁是个极为凶险的地方,经常发生凶杀案,或者某某人又被轧死了。甚至传说,当你走到火车道的某处,突然脚就动不了了,这时火车来了,地下就像有只无形的手在死死抓着你……当然,讲这些故事的人都是那些最终脱险、没有被撞死的人。

在我上小学的时候,辽宁辽阳出现了一位舍己救人的少年英雄,好像他叫周云成,跟我的名字差一个字,所以我记得很清楚。在火车快开来的时候,他从火车道上把两个惊慌失措的孩子推到路旁,自己被火车轧死了。那是一个英雄模范辈出的时代,记得老师给我们布置作业，写学习周云成的思想汇报，好像他牺牲的时候才十八九岁。但过了些年，他就被彻底忘记了。当我今天想写火车的故事时，才模模糊糊地想起了他。还有一个更早的叫戴碧蓉的小姑娘，也是因为从火车下救人，自己失去了左臂左腿。1997年，我在长沙的酒吧驻唱，从收音机里偶然听到她的访谈，那时她已经四十多岁了，好像是一个普通的工厂工人。失去左臂左腿给她的一生带来很多痛苦和不便。

最后再来说说诗人海子吧。他于1989年3月26日选择卧轨，结束了自己的生命，离现在已经整整二十年了。如果他还活着，估计已经成了诗坛的名宿，开始发福、酗酒、婚变，估计还会去写电视剧。站在喧嚣浮躁的20世纪90年代的门口，海子说，要不我就不进去了，你们自己玩吧。他派自己那本《海子诗全编》——一本大精装，又厚又硬的诗歌集——踽踽独行地走过90年代，走过千禧年，一个书店一个书店、一个书房一个书房、一个书桌一个书桌地走进新世纪。

北京之胜利逃亡

我在北京住了十五年。但我知道,即使住上一百年,我还是个外乡人,北京太大太骄傲了。2010年,我决定尝试着离开那里,来到绍兴,这个比天通苑大不了几倍的城市。绍兴古称会稽郡,它出过的影响历史的人,会让北京感到大大的不好意思。光是一百年前的辛亥革命,就有秋瑾、蔡元培、徐锡麟、陶成章。当然,现在这里只剩下他们被冷落的故居。

我住在戒珠寺的旁边，那曾是王羲之的老宅子。这一带的地名，很利于写作，有笔飞弄、笔架桥、笔飞塔、蕺山书院。出门走上一百米，题扇桥对面，相当于北京的后海或者景山后街，有个小酒馆，老板早上把菜都做好，埋在地下的酒缸装满醇香的老酒。然后就开始一天的生意。什么时候把做好的菜卖光了，就立马关门。哪怕早上卖完了，也不会等到中午，立刻打烊。我们去他家吃饭，一盘油豆腐烧肉，一盘茭白，还有一盘芋艿、两碗米饭、一碗黄酒，结账二十五元，不是美元。然后爬一百米之外的蕺山，那山是王羲之家的后花园，不要门票的。山上很香，种满了桂花树，还有苍耳，这算是饭后散步。如要出远门去火车站，顶多提前半个小时离开家，坐三轮车，花五六元，到车站，时间还富余。

在我住处不远，是蔡元培老师的故居，门票五元，整天院子里都没人。戴上眼镜的张玮玮长相很像蔡元培，所以张玮玮那天来绍兴，在蔡元培的铜像下拍照，自称是蔡老师的转世。

在秋瑾故居对面，新开了个书店，名字叫"新青年"。那里的书都是五点五折，我们买了一套《醒世姻缘传》、一本《迪金森诗选》、一本《古希腊悲剧选》，一共才花了四十八元。

    前一阵，有事回北京，和朋友聚会，每个人都充满焦虑，无论有钱没钱，有名无名，脸上统统写着"北京病人"。不小心，傍晚时被堵在了三环上，那真是上天无路、入地无门呀，把你活活地堵成个高僧或者哲学家。

    赶快再次逃离北京。

文艺常州

常州是我们无数次巡演忽略的地方,因为它被强大的上海和南京挤在中间。但热爱当代音乐的人对它都早有耳闻,因为它跟左小祖咒有血缘关系。2011年5月13日,我和张佺怀着忐忑不安的心情来到常州,做一个剧场的演出。

组织演出的是一个很文艺的"85后"小姑娘,她曾经漂泊在大理、丽江,听了一肚子的音乐,要回到家乡,立志为常州的文艺市场做点贡献。到了常州，我们大吃一惊，这个小姑娘很有能量，陪她来接我们的，是当地日报社的资深记者，且对她是言听计从，自称是她的司机。下午，又去当地的音乐台做宣传性的节目。晚上，接风宴，很多常州的文艺名流都纷纷出场，有20世纪80年代的浪漫派诗人，有开了十年书店的文化人，还有一个默默支持文化、为接风宴买单的老总，他也是这次演出的赞助者。"85后"小姑娘厕身其中，推波助澜，号令这些比她大二十岁的老前辈们将我灌醉。席间，经常有人接到电话，说某某要买票，她就会消失一阵。等回来我们问咋回事，"85后"小姑娘就解释，这次演出，她调动了一支强大的有车族志愿者队伍，买票的人如有困难，就可以开车上门送票。我经历了很多城市的巡演，还从没见过这种阵仗。

第二天晚上，演出的剧场是一个由昔日的棉纺厂改造的场地，有点像北京的798。前面的座位都坐满了，后面还站了很多人，估算一下有三四百人。张佺和鼓手陈志鹏先演，下半场我上场，尽可能把自己认为最有代表性的歌曲一一呈现。最后我们集体返场了三首歌。演出结束后，我们在场地跟观众聊天，才发现观众不光是文艺青年，还有很多抱着小孩的母亲，还有一位竟然是当地园林局的前局长——六十来岁的老先生。他很喜欢我的民谣，还能现场背诵我的诗。他说他在园林局期间，种了几百万棵树。他是全国第一个把公园向市民免费开放的实施者。我是最热爱好空气的人，只要树多，我就高兴。所以，闻知这位老局长开辟了那么多绿地，尤其还喜欢我的歌，由衷地欣喜，送了他一张已经快绝版的唱片。

常州是赵元任的故乡，我曾经翻唱过他的《教我如何不想她》。我去了那个在拆迁大潮中苟活下来的破败的青果巷赵元任故居的老宅子，被人踩踏过一百年的门槛，凹凸如光滑的波浪。我想他漂泊异国的乡愁是有根的，那个根就在青果巷，在古运河边，木楼上，奶奶教他背唐诗，垂下篮子，从货郎的船上买糖果。

请到天涯海角来

第一次去海南演出，一出机场，感觉空气完全不同，像走到了浴缸里，潮湿氤氲。听接我们的一位弹古筝的姑娘介绍，当地姑娘一般不敢轻易嫁给本地的男孩，如果不生个儿子，整个家族就要逼他休妻重娶。

这次演出是海南师范大学研究生会会长策划的。第一天，先是去海师大的本科部做了一个有关民谣的讲座，桂林洋校区离市区将近一个小时车程，快到校区时，经常看到七八个姑娘挤在一辆三轮车上,这是她们去邻近的镇子打牙祭。我们在上海也见过这种乡村大学,有一种说法,是利用数以万计的青春,来为附近的房地产暖地皮。得知他们大部分学生第二天不可能到城里看我的演出,我在讲座里加了五六首歌,算是对这些苦孩子的一些慰藉。

第二天,朋友带我们去爬了海口火山,说演出前去踩踩地气。天气闷热,但火山里面非常阴凉。水汽凝结成大水滴,噼噼啪啪,每棵植物都在下着它们自己的雨。我们爬上了海口的最高峰,朋友指着天边说,远处有大批雨云,云彩下面的线,他们叫雨脚。这个"脚"正一步步地朝我们奔跑而来。他说,十分钟内,暴雨将至。我们赶紧跑下山,钻进车里,雨果然倾盆而下。

有朋友知我好酒,特地从农村的酒窖,运来两桶二十斤山兰酒,是海南黎族人酿的酒。咣当放到桌子上,我就傻了,这又喝不完,也带不走。据朋友说,这种酒很醉人,可以好几天不醒。我试着喝了两杯,味道很好,就是太甜了。但实在不愿意浪费朋友的好意,就将它转送给当地爱酒的朋友。

晚上的演出,是在海师大的音乐厅。临时空调出现故障，舞台上很热，唱歌的时候，还有一些飞蛾撞到我的脸上，每一次张嘴，我都害怕有爱好音乐的飞进去一两只。海南的歌迷又安静又内向，很多歌曲在别的地方唱，都该哄堂大笑了，他们都矜持地憋着。后来我说"找个歌，我们学其他明星，大家一起打拍子"，气氛才一点点地活跃起来。我挥汗如雨地一口气唱了一个半小时，最后一曲结束，一瓶花雕也恰恰见底。

年轻的心容易点燃，长久不易熄灭。多数人的临别赠言都是："冬天再来。"将来海南将会和绍兴一样，成为民谣人巡演的重要一站。

太平山上听香港

一入香港，就看到街边的招牌上写着"内地客人一律打折"。我们牢记内地朋友的嘱托，去吃牛肉丸，朋友们说的时候都一脸憧憬。作为一名音乐人，最有兴趣的当然还是琴行。先到尖沙咀的通利琴行，更新了一下设备，即使暂时不买，也愿意去拨弄一下墙上挂的昂贵的吉他，梦想有朝一日占为己有。

晚上，朋友带我们去了太平山。真没想到，香港还有这么大的山，在山顶，环山一周，听到下面城市的声音，仿佛在南迦巴瓦峰脚下听雅鲁藏布江的滚滚怒涛。借朋友的眼睛俯瞰香港夜色，这夜色仿佛打翻了的杜十娘的百宝箱，珠光璀璨。其实我理解一个伟大的城市，和大自然中的大森林、大海同样壮观。继续走，空气中充满了草木香。转到海的这边，城市的喧嚣隐去，有两只牛蛙，隔着路，一唱一和，好像两个养老院的老头儿，抽着烟，一边咳嗽，一边说着过去的事情。

沿一条盘山小路下山，就到了张爱玲上过的香港大学。学校里很安静。走过一段鹅卵石铺的园林式的小径，池塘里的荷叶已半人多高，比夜晚的清华大学更加"荷塘月色"。山脚下是老校区，门窗细长，通常一圈楼中间是喷泉和巨大的棕榈树。

第二天演出的场所，是在香港老的红灯区。我和诗人廖伟棠，一个唱歌，一个读诗，交替上场。我没想到，那首《买房子》，香港人反应最强烈，几乎每一句人们都能找到笑点。唱完我跟大家说："看起来我们互相越来越接近了。"

离港的早上，因为要写专栏，所以提前返深圳。就要开车前的一个小时，朋友带我去了女人街，去抢购牛仔裤。一排一排的圆形衣服架,我们在其中钻来钻去,像到了衣服的原始大森林。由于时间紧,朋友说:"你就摸吧,觉得哪个手感好,再拽出来给我看。"结果,我们早饭都没来得及吃,抱着一堆衣服爬上了返乡的车。我自己还嘟囔着:"这日子过得哪像最具人文精神的民谣歌手?"

梦忆三峡

"巴东三峡巫峡长，猿鸣三声泪沾裳"，从书里听来的三峡是萧瑟悲凉的。1997年，我从洞庭湖上船，第一次去三峡。船过葛洲坝，在大闸门里等放行，许多船挤在一起，空气里充满柴油的味道，江面上漂着快餐盒，觉得更像在我儿时沈阳铁西区的大车间里。那时好多古城还没有降至水下，我从瞿塘峡口——奉节下了船，爬了很多级台阶，进入县城。平缓的石板路纵横交错，一路上，听着两边人家传出来吵架一样的四川话。拐进一家小饭店，吃了一盘五块钱的炒腊肉，就着当地的高粱酒，由衷地赞叹"蜀中美食，天下第一"。吃完后，去了永安宫，是刘备托孤之地，里面游客寥寥，有一个女导游热心地想为我做讲解，我怕收钱，一再推辞，人家看出了我的心思，说，不要钱，免费讲。她讲得非常好，上来就是"君才十倍曹丕……"能大段大段地背诵《三国志》《三国演义》中的段子，我感觉这哪是个导游，明明是个历史系教授。她还带我去了乱石丛中的八卦阵，把我领进去，结果我自己摸着摸着就出来了。她由衷地夸奖我："你看，闭着眼睛更容易出来。"她说，再过些年，奉节就要到水底下去了，永安宫就成了水晶宫。我感伤地想，她精彩的导游词也将成为绝响。

2007年，我在巡演的路上，第二次去三峡。此时三峡水库已初步竣工，听不到"两岸猿声啼不住"。老奉节沉入水底，新的奉节，一排排整齐的楼房，活脱脱就是北京的天通苑。马路那个宽啊，车那个多啊。在一个菜市场，看见墙上有大幅的广告：某某，精通语文，代写诉状。

永安宫不在了，只能去白帝城。白帝城孤悬江上，有人向我介绍,过几年,水将继续上涨,淹到哪儿哪儿。我想,那时的白帝城将不再险峻。刘备和诸葛亮,以后只能在水底重演托孤戏了。或许他们会变成两尾鱼,在如平湖的三峡库区游来游去。随着中华鲟的灭绝,它们将是一种新兴的鱼类,就像古蜀国的望帝变成了杜鹃,他们君臣变成的鱼应该叫沧桑。

似曾相识的什么州

"黄河的水不停地流,流过了家,流过了兰州。"一路唱着《黄河谣》,坐着火车,来到兰州。朋友开车接站,直接把我拉到"中国兰州拉面馆",一口下去,辣了一个跟头,以为到了成都。原来兰州拉面已经升级改良,满碗红油辣子。碗中无肉,牛肉要另买。然后,朋友很抱歉地向我们解释,兰州正在修地铁,最近比较堵。我们都麻木了,几乎到哪个城市,接站的朋友都会这么说。

到街上，路两边的人行道正在翻修，朋友又很抱歉地解释，下个月要搞马拉松比赛。又是一个似曾相识，我心里想，这有啥稀罕，哪儿都有。

这次到兰州是参加"高墩营艺术节"，高墩营是兰州郊区的一个村子。很多大学都搬到了村子附近（大学农村化，这也似曾相识），所以来看演出的是两个泾渭分明的群体。挤在台前的是青春荡漾又文艺十足的大学生；当地村民戴着草帽，坐在墙根的一溜树荫下，远远地围观。

据说第一届艺术节，台上搞的是摇滚乐。演出还没有结束，乡亲们就受不了了，要求迅速停止，说农民晒了一天晒坏了，要回家睡觉了。所以2011年主办方调整了方案，组织了一台民谣演出。我坐在台侧的一个小马扎上，准备演出。学生们围了上来，很多不经我允许就开始拍照，感觉自己像个逃出动物园的猴子。一个很文艺的姑娘，向我推荐她的男朋友，声称他很有思想，是个翻版韩寒。过了一会儿，她男朋友坐到我旁边，一个很腼腆、很帅的哈萨克族"韩寒"。谈心得知，他和他的小女友都是被父母篡改了高考志愿而被"发配"到大西北。本来一个爱音乐，一个爱电影；结果一个被迫学管理，一个被迫学金融。

上台演出时，我照例唱了《买房子》，随口说"兰州的房子应该很便宜"，结果引起一片抗议声浪。原来兰州的收入和房价的差距在全国是数得着的。一般的兰州白领，月收入只有三四千元，房价已经一万多元了。

第二天，朋友在黄河边请喝三炮台，呼吸一口空气，甜中带酸，有儿时铁西区的味道。兰州在黄河的上游建了众多的工厂，且南北都有山阻隔，污染无法疏散，所以黄河里的鱼当地人都不敢吃。大家喝着茶，听着黄河水声，聊的却是下游有专门捞尸体的行业。

朋友最后送我们去机场，路过西北师范大学，还是那似曾相识的感叹："过去这里两侧全是遮天蔽日的大树，还有很多果园，晚上可以去里面偷果子、看星星、谈恋爱，现在两侧都成了开发区。郊区荒山上还有一座死城，是原来的铝厂，后来倒闭，人都走光了。里面商店、影院鳞次栉比，但就是没有一个人。"我想起了内蒙古的鄂尔多斯。城市都长得越来越像，兰州你可以叫它广州，也可以叫它抚州，还可以叫它郑州。

耳闻阿维尼翁艺术节（之一）

2011年7月3日，乘飞机从阿姆斯特丹转机到马赛，再坐汽车到法国南部小城阿维尼翁。在阿姆斯特丹机场候机时，所有同行的中国伙伴都迫不及待地拿出手机、电脑上网，这时技术人才就显示出优势，挨个辅导大家怎么上网。而周围的老外都在安静地休息。登上去马赛的飞机后，大家又找到了新的兴奋点，一个脸蛋长得像红苹果的法国男娃娃，一会儿哭一会儿笑，爸爸只好带他在机舱里散步，路过一位中国姑娘，还主动跟姑娘握手，随即把手甩开。整个航程，大家都在注视着他的一举一动，魅力胜似微博。经过十四个小时的旅程，终于到达阿维尼翁。此时正是小城的黄昏，西边红霞如海。

阿维尼翁艺术节每年一次，其余日子它是人迹罕至的荒城。我们到的时候，艺术节还没开始，到处都是海报，连垃圾箱、邮筒、路灯上都贴满了。满街的演员、歌手，比当地的居民还要多。我们的演出在一个教会学校的阶梯剧场举办，这个场地属于中国艺术家，将要上演的剧目有辛欣导演的《生于七月》、黄盈的《黄粱一梦》、王翀的《哈姆雷特机器》、孟京辉的《三个橘子的爱情》、丰江舟的《假象》，还有我和小河的《如果，世界瞎了》，由邵泽辉导演。

这几天还处于排练阶段，正式演出要到7月8日开始。我们的现场只能坐一百人，要是在国内，这个阵容拿出个零头也能票房爆满。可到了这儿，人人都是艺术家，每个人都希望更多人来看自己，所以对未来的票房还是有点不踏实。

阿维尼翁是一个曾有多位教皇居住过的城市，所以以教堂闻名世界。我和朋友第二天就去了宏伟的教皇宫。

一进去，见到很多中世纪的塑像。向上依次又游览了教皇的礼拜堂、卧室、书房、小金库。据说有一位教皇登基加冕，请客吃饭，一顿吃了三百多头牛、四百多只羊、七千多只小鸡、三万多个鸡蛋、九万多个面包。这也让我似曾相识。

走出教堂，正有一两位民间艺人在广场卖唱。一个小伙子，用一把古典吉他弹着皇后乐队的《波希米亚狂想曲》，他们不是来参加艺术节的，而是随着流浪的步伐走到这儿的。他们在户外，而我们在室内，他们比我们更阳光、更放松。

耳闻阿维尼翁艺术节（之二）

演出已经几天了，我们也进入看演出阶段。大家抱着一大厚本法语演出目录，猜测着选择场次。这时玮玮在街上看到一个姑娘用一个自制的手风琴边拉边唱，正唱着，忽然把手风琴放在地上，她一连六个后空翻，从街上消失了，手风琴还继续奏着音乐。正当人们错愕间，她又从另一个街口一个跟斗云翻了回来。结果当然是她的宣传单被一抢而空。

第二天，玮玮带着我们去看她的演出，起了个大早，拐了好多小巷，到了一个小剧场门口。票并不贵，用工作证买，六欧元一人。进去一看，傻了，满屋坐着的观众多数是小孩，还有一部分是家长。我们才恍然大悟：这是一部儿童剧。

开场后，只见一个演员从观众入口处惊恐地撞进来，这是一个长得像精灵一样的姑娘，她的语言主要组成部分就是"blblblb"，孩子们似乎能听懂。舞台上有好多莫名其妙的东西，她随手抓过来，一会儿当电话打，一会儿当棒棒糖吃，最后发现都是乐器。她身后有一幅世界地图，演奏完乐器，就贴一个标志到产生这个音乐的国家位置。先是日本，然后是印度。唱印度音乐时，她边唱边跳，眼神妩媚，活脱脱一个宝莱坞舞女。接着是非洲的音乐，在音乐中，她摇晃着身躯，双手在胸前一比，仿佛惊讶地发现自己长出了非洲女人的大胸，然后是屁股。在座的小孩们看得开心，哈哈地笑。到了意大利，她就模仿德高望重的教皇，走向一台钢琴，忽然摇身一变，成了意大利的"郎朗"。比画了无数套路，接着弹了一个音，然后被自己陶醉得如痴如狂。观众大笑。

下面她拿出口琴吹了一段《哦，苏珊娜》，一听就知道这是到了美国。她憋着嗓子来了段政治讲演,接着是说唱,混杂着小甜甜式的搔首弄姿。每种音乐都惟妙惟肖,即使我一点英语也听不懂,也能感受到整个戏剧的幽默、轻盈。

最后,她终于打开包,收东西,准备收场。她先把小的乐器装起来,接着,试图把一台雅马哈(Yamaha)电子琴也装到包里。装不进去,就弹了一段旋律,把飘散在空中的音符,抓了一把塞到包里。她恋恋不舍地站在门口,若有所失地告别,然后跟来的时候一样,突然撞出门去,不见了。正在观众以为演出要结束了时,她又从另一个门冲进来,上场谢幕。看完我们都惊叹:这是法国的儿童剧啊,法国孩子的智商可真高啊!

每晚十二点,教皇宫八千人的大剧场座无虚席。本来不相信,看话剧怎么像看足球赛一样,但今天看到剧场这么多小孩子,答案自解。

这里黎明静悄悄

凌晨四点半,我喝过豆浆、赶过飞机、上过微博,却从来没有看过演出。在阿维尼翁教皇宫的万人露天剧场,将上演一场无伴奏合唱现代舞,光这么一介绍就够吸引人了,演出只有三天,大家饭桌上谈的都是这个话题,看过的都交口称赞,没看过的都在到处找票。等我们注意到这场戏的时候,票早已卖完,第二天就是最后一场。我们的弟兄小河舍命让给我们一场票,我和女友就像抽到生死牌一样，彼此推让："你去吧。""不，你去对中国更有益。"后来小河建议女友作为我的助理，以我不能单独行动的人道主义理由来打动检票者。那好吧，我们抱着"闯关东"的决心，在黎明前的黑暗中，踏上了去教皇宫的路。

教堂前的大广场上，人山人海。等票的队伍排了一百多人，我们挤进检票处，女友结结巴巴地说明我们的情况，但还是没办法，因为要对号入座。正当我们要再次抽生死牌的时候，民谣界的"活雷锋"张玮玮挺身而出，把他仅有的一张票也转给了我们。我顿时觉得压力太大了，咬牙切齿地提醒自己：千万不能睡着啊。

教皇宫内的万人大剧场，壮观犹如古罗马角斗场。舞台上方的镂空雕花大窗户有几层楼高，进场后，只有这扇窗透出微光。演出开始后，灯光熄灭，观众仅凭微弱的天光凝视舞台。我想这个时候，大家跟我在一条起跑线上。音乐响起，没有乐器和话筒，只是人声清唱，依靠教堂自身的回声。合唱里有星群闪烁，围着教堂的金顶，我感觉自己坐在中世纪的黑暗中，舞台上众多艺术家在跳舞，我听到他们从左到右滑动的舞步，像小时候自己在冬天结冰的路上打跐溜滑，又像是无风的海上细碎的波浪。有的时候，很多舞者会从地道下去，留下一个姑娘在舞台上独唱，四千人座无虚席的大剧场鸦雀无声，袅袅女声仿佛是从梦里飘向远方的烟雾。

突然，在教堂的高处，有一声鸟叫。接着是两声、三声，预告着黎明将至。教堂外的风吹过来，让你恍惚间会走神。最后快结束的时候，远处教堂的钟声响了起来，时间掐得很准，太阳也即将升起。可是关于钟声和太阳，那是看过上场演出的张玮玮的描述，而这个早上，阿维尼翁阴天，没有钟声和朝霞。这可能就是大自然舞台的莫测之处，太阳并不总会照常升起。演出结束，我们还是在中世纪的黑暗中。大家起立，热烈鼓掌。那是另一种山呼海啸。离开现场，天上开始下雨，阿维尼翁夏日的清晨，仿佛是中国北方的深秋。我们看了一场好戏，我们曾经和几千人在黑暗中静静地等待黎明的到来。

后记：正当那个割肉让票的张玮玮在大剧场门外寂寞徘徊的时候，突然来了个退票的姑娘，玮玮赶快买下，一看还是第二排超豪华座位。"雷锋"帮了人，善有善报最终娶上了一个好媳妇儿。

阿维尼翁的一天

清晨像深秋，日光稀薄，空气寒凉，你会准时地被小城教堂的钟声叫醒。钟声此起彼伏，提醒人们该祈祷了。而我起床，开始熬粥，买的是法国大米，粥总是不容易熬到中国式的黏稠，怎么喝怎么像一种饮料。同行的朋友们带来的老干妈、榨菜，都已被抢光，甚至很思念鸡精、味精的味道。

上午，出门看演出。到处都是教堂，到处都是剧场。

演出的目录一水儿法语,所以要蒙着看,有"music"的注释,就有可能是音乐剧。前一阵看一个现场,一进去,满屋都是小孩,等坐下来才发现,这是一个儿童剧。但即使是儿童剧,我们也会看得津津有味,因为语言的隔膜会激发你很多属于自己的想象。

下午要到城里宣传我们中国团的演出了。每天有几千个戏剧上演,你要是不宣传,根本没人来看。宣传方式五花八门,有一路敲着铁皮鼓、唱着歌游街的;有抱着吉他,坐在路边浅吟低唱的;还有几个人一边走,一边喊口号的。而且要穿奇装异服才能吸引别人的眼球。比方说戴着牛头挂上马面,手拿镰刀扮成死神。当然,打扮成小丑最受欢迎,边唱边跳呼啸而过。中国的宣传比较斯文,顶多每个人提一盏灯笼,或者放个风筝,上面写着"China kisses"(中国之吻)。而且我们这种食草动物,气势也比较弱,不如那些从小吃真牛肉喝真牛奶的老外脸皮厚嗓门大。

到了傍晚,有自己的时间了,可以去逛逛教堂。我们去了阿维尼翁最盛大的"教皇城堡",里面有一个万人露天大剧场,就像古罗马人看戏般壮观。教堂的长窗,有几层楼高。彩色的玻璃,在夕阳中仿佛巨大的琉璃。

教堂的屋顶上站着一个金光灿灿的圣徒,那是全城的制高点,离很远就能看见。蓝天下的金人仿佛临空御风,它也是我们迷路时的航标。

我和小河作为搭档,这次来到阿维尼翁艺术节,演出主题叫"如果,世界瞎了",时间是每天晚上九点。观众寥寥,甚至有一天只有两个人买票。不能跟国内比呀,主要还是沟通的障碍。我们每天都即兴,天天不同。在同一个院子,旁边有个马戏团,场场爆满,是那种翻着跟头,甩着长鞭,大呼小叫的演出。还有一个弗拉门戈的演出,姑娘在上面悲情地讲着故事,男子迅捷如飞地弹着弗拉门戈的节奏,跺起脚来那是地动山摇,就像一个巨大的拖拉机开到你的面前。看完演出,大家总会好奇地去摸摸地板,看看有没有被他们跺出个窟窿。

我们虽然观众少,但我们自得其乐。我们相信自己的音乐水准,很多法国老外宁愿花十欧元买一件从"动物园"批发来的中国唐装,上面画条龙,他们觉得很酷。而我万里迢迢地从国内背来的唱片,他们却犹犹豫豫地不敢"染指"。

演出结束,回到住处,大大小小的酒局就开始了。我们参加演出的一共有六十多人,六个剧组,三五成群,两个一伙，有坐在院子里的，有坐在阳台上的，主要是聊当日的演出。法国的酒好，且便宜，一瓶红酒大概也就两三欧元，很好的黑啤零点几欧元。我们找到了一种十二度的手工自酿啤酒，杀伤力等同于一瓶绍兴加饭酒，且口感清冽，有浓郁的麦子香。在国内我总嘲笑上海男人一瓶啤酒就一醉方休，感觉自己好像酒量很大，等我喝到了这种啤酒，感觉自己真是一瓶就可以醉倒了，两瓶就断片儿，然后在眩晕中憧憬着明天能够看到一场好演出，多来几个观众，多卖两张唱片。

日复一日的法国闷生活

我们在阿维尼翁的生活已经接近尾声,每天生活的节奏都很相似:听到城里的钟声,起床;吃完早餐就坐在台阶上聊天,或者去看演出;晚上就准备自己的演出。由于每天晚上都必须演,所以不能离开这里去其他城市做一趟短途旅行。日子久了,再甜蜜再浪漫的无限制的重复也会让人心生倦怠。于是我们白天去城里逛的欲望越来越小。我躺在床上,看《包法利夫人》,那是当年在热爱世界名著的时代看过的,现在在法国的南方小城重新读,阅读感受完全不同。爱玛那种在黄昏的花园里感觉到的郁闷,生活没有冲突,没有波折,幸福得让人乏味。还有最后夏尔在春天的阳光里,忽然觉得春情萌发,然后就倦怠地死去。感觉来法国,能重新阅读《包法利夫人》并从中得到新的感受,也是巨大的收获。

我发现中国人最爱上网。我们住处的网络流量可能已经被用光,房间已经不能上网,只有楼下两条公共网线,每天抱着电脑、排着队的人络绎不绝。演出剧场外面,有一段楼梯走廊有 Wi-Fi 信号,每天这里都像网吧一样,各种上网本、手机云集。加上现在国内出了动车追尾事故,人们的话题从对先锋戏剧的探讨,转向对国内公共安全事件的焦虑不安。强大的中国现实,尖锐得可以突破万水千山,让我们感觉自己早晚要回国,要坐动车,坐地铁,那才是属于我们的真正的生活。2011 年 7 月 26 日,闻言上海下雪了,大家一阵惊悚。有人戏称是祥瑞,瑞雪兆丰年。旁边有个忧郁的小伙子说:"我问问家里。"因为他家就是上海的。

看我和小河的观众,多是来自法国、意大利的中国留学生。他们在国内的老师或同学曾向他们推荐过我们的音乐。8月2日,我和张玮玮、郭龙将在巴黎举办一个民谣专场,据说来看演出的几乎全是中国人,可以放开了说成语典故、抖包袱、评论时事。8月5日,我们将飞回北京,本来行程是从北京坐动车回绍兴,但最近心里阴影重重,不知何去何从。

为什么一个小城
要那么多的教堂

为什么一个小城要那么多的教堂？清晨你会被此起彼伏的晨祷的钟声唤醒，尽管梦里的中国影像依稀。在绍兴你是被隔壁老两口的老歌唤醒的，在北京是乌鸦和喜鹊，在广州没有声音叫醒你，因为那个城市比你醒得还晚。

一个小城要那么多的教堂干什么呢？是用来提醒人们太阳升起来了，该出门了，或者太阳落山了，该休息了。在阿维尼翁，超市早早地关门，人们不愿意为多赚钱加班加点，即使星期天游客如云，街道旁的店铺依然不识时务地关门上锁。只有教堂的钟声日复一日地在上空敲响，到了戏剧节，它们很知趣地化身为剧场。你可以不信上帝，但你不能拒绝美，剧中人在东奔西走中哭笑怒骂，上帝在墙上看着这一切，很宽容。教堂里有彩绘的长窗，有精美的壁画，天使们吹着喇叭弹着竖琴，在神龛里表演，人神各演各的，互不干扰。

我们曾经见过两个声音艺术家，在教堂里表演实验噪声。利用共振原理，启动了教堂顶端的大管风琴，那种无人操作的巨大的轰鸣，就像千万个火车头鸣响着向你冲过来。我们也会经常看到，在教皇宫广场上，各国的街头艺术家八仙过海，各显其能，圈好场地自由表演。我和小河还计划着去那儿唱"唵嘛呢叭咪吽"观音心咒，大家戏言："那教堂的尖顶会放出一道神光，把你俩照得现出原形。"

戏剧节结束了，呼啦啦人都走光了，小城空寂无人。你会想，那么多教堂，几乎可以对口到每户一个。也许它就是想空在那儿，即使没人祈祷，没人演戏，也留在那儿一个巨大的空间，让鸟儿喳喳叫时有回声，鸽子咕咕叫时有共鸣。

　　我们乘高铁离开这个比北京天通苑还小的城市，车站很小，没有我们大包小包安检、排队检票的大场面，刚刚紧走几步，就到了站台，火车已经静静地等在旁边。车门口也没有检票员。我们忐忑地猜想，如果恐怖分子来了，可怎么防范？但这个担心是多余的，街上没有城管，警察很少，也没天下大乱。还是那么多教堂，在默默中发挥着不为人知的作用。高铁中人很少，车厢很安静。

途穷幕落阿维尼翁

法国南部小城阿维尼翁戏剧艺术节已经结束,在这个艺术节上,我刷新了自己连续演出天数的新纪录,每天一演,共二十二场。最后一场生意惨淡,只有一个法国老太太,看完演出非常高兴,要买唱片,但没有现金,要去提款或者开支票,搞得我们是又高兴又无奈。同行的别的剧团想发洋财,从国内批了桃花扇、绣花鞋、海魂衫,结果纷纷砸在自己手里。外国人买东西是很谨慎的,真正购买力强大的是中国人。由于我们总是去旁边的超市扫货,他们特别为中国人进了"走自己的路"牌方便面,就差卖速冻饺子、油条、煎饼了。

阿维尼翁这个小城除了教堂就是剧场,曲终人散后,一片空寂,满街的海报随风招摇,如落叶满秋山。

最后的日子,人们都开始想念起榨菜、辣酱。在国外生活再好,也是无根的生活。很多人集中在剧场的Wi-Fi信号区域里,大家都在关注国内的事件,法国的浪漫、蓝天碧海挡不住对祖国的挂念。我们在一次演出前搞了一个小小的默哀仪式。所有的中国人、法国人一起起立,气氛非常肃穆。那天恰巧也是我们演出观众最多的一天。

8月1日,我们坐上了法国高铁,从阿维尼翁开往巴黎。车厢门口没有检票员,火车是双层,每节车厢都有专用的行李架,坐到自己座位后发现头上、身后都有隐藏空间,可放行李。

车厢中特别安静,乍一上去,以为就我们三四个中国人。没有列车员走来走去推销东西,也没有伴着肯尼基抒情喇叭"一路平安"的广播。我们捏着花八十欧元买来的昂贵车票,心想是不是不查票。后来陆续上来了一些人，但整体上还是很安静，大家都在悄声低语，只有快到某站时，才有一个简短的法语预报。

车速很快，据朋友们目测，时速在二百五十公里左右。一路上，车窗外，路过一排排向日葵田、薰衣草田，女友刚惊叫着举起相机，景色就一闪而过了。

到巴黎时是下午四点，我们被接到一个朋友住的保姆房。首先电梯就非常惊悚，先拉开一个铁门，再推开一个铁压缩门，推门时朋友不住叮嘱："千万别夹住手。"我们像困兽被关在里面，咣当一下，电梯开始上行，等到快停时，又是咣当一下。等我们犹犹豫豫地把手伸向铁栅栏，想把它拉开时，电梯又咣当一声自己下去了。

保姆房是富人买房时附赠的阁楼，供用人居住。出去的门都是自己专用的，窄小的楼道，老旧的电梯，据说很多伟大的诗人，如里尔克，当年混巴黎的时候就住这种房子。

有朋友在卢浮宫工作，说去卢浮宫参观的中国人越来越多了，不像是看画，倒像是在集市上抢购降价大白菜。《蒙娜丽莎》的画前，每天都挤满了人，闪光灯肆无忌惮。我们想去更安静的美术馆，如奥赛，那里是印象派画家的主场。我还想去看一看拉雪兹公墓，也许会邂逅我曾经非常喜欢的诗人，如兰波或马拉美，还有那个疯狂的大门乐队的主唱——吉姆·莫里森，全世界的嬉皮士、坏青年都云集在他墓前，抽烟喝酒。他在死亡中也醉得从来没有醒来过。

死之静美

巴黎拉雪兹神父公墓鼎鼎有名,那里有大门乐队主唱吉姆·莫里森的墓,还有王尔德的,据说他的墓碑上印满了喜欢他的女子的吻痕。本来要去的,但后来阴差阳错,去了蒙帕纳斯公墓,因为这里有我最喜欢的诗人波德莱尔。十八岁时,我买过《恶之花》,主要是冲诗集的名字去的。后来在大学、在漂泊的路上,不断遭遇他的诗,他的诗属于那种一辈子都在滋养你的阴郁华美的好文字。

蒙帕纳斯公墓，人气最高的当然不是波德莱尔，而是萨特和波伏瓦。他们合葬的墓在正门附近，非常好找。前面有许多人合影留念。我心里纳闷：这一对儿一辈子都坚信"他人即地狱"的哲学家，死后怎么会合葬在一起？

继续向公墓的深处寻找波德莱尔。午后的天空飘着小雨，细小的花瓣把路面染成黄色，真是一个逛墓园的好天气。死亡在这里是一个微笑的建筑师或者是画家或者是园丁，坟墓更像是艺术品，有的是一间朴素的房子，开着门，好像主人出去办事，马上就回来。有的墓前是很抽象的现代派雕塑，一个铜像仰望幽冥，如等候，如思念，衣服上生满了青苔。还有一个墓前竖着一只花花绿绿、瓷做的大狸猫，墓碑上写着：这里睡着我们年轻的大朋友。我们为这里埋的是一个小孩还是一只大猫争论了很久。

波德莱尔的墓，低调地隐藏在墓群深处。墓碑上压着好多彩色的小纸条，有一张写着：你是一个伟大的粉红色的诗人。旁边还有一个空酒瓶子，好像有人在这里陪他默默地喝过酒。我们仔细地看了墓碑，他是和几位亲戚合葬的，这个一生讴歌死亡、坟墓的诗人，生前那样桀骜，死后还挺随和。

我们按照目录，还想去拜访一下圣桑、贝克特，可墓碑如森林，1768年，1867年，1976年，时间凝固成迷宫，怎么也找不到。最后找到了杜拉斯，她的墓前全是鲜花。我是通过王小波认识杜拉斯的，看到她的小说里写到东北的抚顺，特别惊讶。我的家离那儿很近。那里是个最不浪漫的煤矿城市。一想到杜拉斯《情人》中的男主人公操着一口接近赵本山的抚顺话泡妞，就让我忍俊不禁。

法兰西民族是个优雅的民族，死亡也如此让人赏心悦目，《人权宣言》是活人的，也属于死者，虽然他们已永远沉默。

新疆西游记

新疆的太阳炽烈炽烈的，就像一个蒙古族汉子坦荡荡地坐在云端喝烈酒。可一旦你躲进树荫或者门洞里，立刻是凉风飒飒，仿佛置身于深秋。

新疆是我一直向往但又从未去过的地方。2011年8月13日，我和歌手吴吞要在乌鲁木齐做一个民谣专场。临近演出的最后一天，我们终于买了昂贵的飞机票，飞往乌鲁木齐。

演出时间很低调地定在下午四点,现场的火热大大出乎我们的意料。买票的队伍从二楼沿着楼梯排到了街边。我觉得音乐应该是那种可以消除人与人之间恐惧的最好的钥匙。

吴吞本身就是新疆人,他们过去组建的舌头乐队曾经是中国最好的摇滚乐队之一,舌头乐队是新疆人心目中的摇滚英雄,这次衣锦还乡意义非凡。吴吞现场唱了很多关于这片土地的歌:"翻山越岭,骑马过河,肩上的猎鹰,不论飞到哪里,总听到母亲的呼唤……"台下的人们听到这些歌都由衷地感觉到亲切。

我也唱了有关新疆的歌。音乐就是让人心里平和、让人彼此相爱的艺术,演出自始至终都很温馨,有笑声,也有悄悄的眼泪。

第二天,我们搭朋友的车一直向西,目的地是中哈边境的温泉县,那里有旅行者乐队的吴俊德和张智等着与我们会合,晒太阳、喝酒、吃哈密瓜。一路向西六百公里,左面是天山,右面是大戈壁。开到半夜,才到达温泉县城。下车后空气新鲜得呛得我们差点儿晕过去。这个地方属于蒙古族自治州,脚一落地,直接就上了酒桌,大家围成一圈,席地而坐,疯狂地一轮轮劝酒。

由于我们中间有吴俊德——汉族的冬不拉高手，两个哈萨克族朋友慕名而来，酒过三巡，老吴弹起了冬不拉，哈萨克族朋友心中的热情就被点燃了。然后大家一起唱了很多古老的哈萨克族民歌，一个汉族歌手能把这些歌曲唱得如此深情，让他们非常激动。旁边作陪的乡长，是我们中间级别最高的领导，他不无感慨地评价说："什么是民族团结？这就是民族团结。"

第二天酒醒上街，见到了真正的边塞小城的风貌。干干净净的街道，四周环山，有的山顶还覆盖着积雪。街上的人很少，街道两边的房子色彩鲜艳，不时会有一些皮肤白皙、深目高鼻的哈萨克族美女一闪而过。我们在街边买热苞米，卖苞米的维吾尔族大姐怕我们一个塑料袋会漏掉，一再要求再给我们多套几个袋子，热情得让我们手足无措。

其实新疆是一个最适合人唱歌、跳舞、喝酒的乐园。只要你冬不拉弹得好，只要你喝酒喝得豪爽，只要你马骑得帅，总会有姑娘对你心生爱慕。

写这篇文章的时候，我们坐在一个蒙古包前，眼前是一片大草原，夕阳快下山了。我们刚吃了哈密瓜，喝了奶茶，躺在草地上，等着太阳下山月亮升起。这将又是一个彻夜狂欢的大酒局,有冬不拉,有吉他,还有手鼓、饭碗、酒桶,当你喝醉了的时候,举手投足都是舞蹈,锅碗瓢盆都是乐器,每一声喊叫都是歌。

跟寒流赛跑

在合肥演出,头一天还响晴白日的,第二天寒流就逼近了,下了一天的冷雨。舞台上的音箱都用雨布蒙着,唱歌的歌手冻得哆里哆嗦,唱腔近似刘德华。演出完毕,坐高铁赶在寒流前,南下绍兴。恰好,我们的房子租期已满,我们要暂别绍兴一阵了。房东大姐热情地挽留,并嘱咐明年再来。隔壁家老夫妻依旧老歌嘹亮,后门外的小河里,摇船的人在捡垃圾。阳光蒸腾着深秋的水汽,身心滋润。

我们在此居住整一年,离我们家几步路就是王羲之的老宅,故这片地方统称书圣故里。旁边的小山上有个塔,叫文笔塔,借它的灵气,我这一年写了好多专栏,女友的长篇小说也即将出版。还有一座题扇桥,据说书圣曾为一卖扇子的贫苦老婆婆无偿题绘扇面,使得穷老太成了大富婆。对着题扇桥,就是我常去的金木酒店,他们家的黄酒很纯正,两元一碗。老板木讷寡言,看我们回来,露出少有的笑容,问这么长时间去哪儿了。我要了黄酒,多喝了几碗,他用一口绍兴话大声告诫:"容易醉的,别马马虎虎。"

其实,我们只是小别,几位朋友要在绍兴建一个艺术创意园区,里面有书店、音乐电影吧、瑜伽馆、阅读馆。朋友们好意挽留,特别为我们腾出一套大房子,他们称为"文化安居工程",并且带我们参观了还未装修的房间。我们进去一看,这绍兴是离不开了,中间一个明亮的大客厅,南边两个卧室,客厅的窗外对着绍兴的动物园,绿树掩映,女友趴在窗户上大喊,竟然看到了狮子。房子将免费给我们住,虽然有未知的、充满魅力的远方,但人家狮子还有草原呢,不也住得好好的。千山万水地走来走去，也总要有一个放行李的地方吧。为了大房子、小狮子，我们将跟着春天再回江南。

而此刻，我们唱着歌越过秦岭，飞过南岭，把寒流甩在身后，苍山下洱海旁，有我们临时的窝。正美着呢，报应来了，北京某重要刊物要颁发给我一个年度诗歌大奖，必须到场领奖。大理的太阳还没晒暖呢，又要迎着冬天北上。我最终跑不过寒流，人家是大自然，而我不过是热爱名利的人。

刹车计划

诗云："曰归曰归，岁亦莫止。"隆冬将至，一年到头，狗熊躲进树洞里，舔着自己的熊掌，人也开始回归自己的内心，缩成一团，咂摸逝去的日子。

这一年，东跑西跑，过了数不清的飞机场、汽车站、火车站的安检，嘀嘀嗒嗒地进入了一个城市，嘀嘀嗒嗒地又转身离开；像上了发条一般演出，做梦还在舞台上，焦虑地怕自己在观众前睡着；领了一些奖杯，小丑一样滑稽地走过红地毯；接受采访轻车熟路，一个问题对于我就是一个设定好的按钮，轻轻一碰，答案如泉水般喷涌，一满盆地送给记者。

"曰归曰归，岁亦莫止。"能停下来，需要莫大的勇气和毅力。我先暂停了一些专栏，推掉了几个演出，还有颁奖活动，不是有名了，不识抬举了，实在是想停靠路边，检修一下。轮子圆滑了，方向盘木讷了，再疲劳驾驶要出车祸了。我住到了大理，这地方出门很不方便，需要下昆明或者上丽江，七转八转的。这种不方便，恰好捆住了我神行太保的脚板。

早起，呼吸苍山的好空气，练站桩，跳绳，熬蔬菜粥，煮鸡蛋，最后泡上红茶。上午，听着小说练琴，不时要挪动椅子，跟着太阳转，一直把太阳晒到西山。掌灯时分，步行到古城，偶遇两三老友，喝上一杯木瓜酒，不是那种有今儿没明儿的大酒局，酒意微醺之际，买单散去。晚上，早早就困了，挣扎着利用无聊时间看看微博，想起在忙碌的演出夜生活中，此时还没有开始调音。但苍山下，夜寒如水，催人入被。一天单纯得如小孩写下的一个数字。

然而，这不是蛇盘龟息的道家养生，我在停顿中积蓄能量，要做《红色推土机》*的第三代——《金色推土机》，已经得到了众多民谣艺人的响应，大陆新加入了左小祖咒，野火乐集的一些歌手等也会加入，加上拉萨盲童天籁般的声音，这将是一张更丰满的民谣公益合集。我还要重新梳理一年来的文字，完成一本天南海北的《2011年旅行杂记》。我从北京空运来了一些简单的录音设备，这次我要尝试自己录音，做一张极简风格的个人吉他弹唱专辑。

保佑我暂时成为小孩子，专注地一笔一画地写下去，别长成个面目可憎疲于应酬的傻大人。

---

* 2009年，周云蓬邀请众多民谣歌手无偿录制了一张童谣公益合辑，每个歌手或翻唱或原创一首童谣歌曲，一共二十五首儿歌收录在两张CD中，专辑名字为《红色推土机》。CD销售的全部收益作为他所发起的帮助贫困盲童计划的基金。

时间的标记

我的生日在十二月,是射手座。看了射手座的性格,主要是喜欢乱跑,这倒挺像我的。作为歌手,要巡回演出卖唱片,就得到处走,况且中国幅员辽阔,赶场子,一会儿南方一会儿北方的,很正常。

过生日和过春节,是我最低潮的时段,好比高速公路,遇到了加油站兼上厕所、吃午饭,所有人都要被赶下车,管你饿还是不饿。有生之年,生日没搞过大排场的聚会，大多时候，别人也想不起来。有一年是在火车上过的，买了一小瓶二锅头、一包花生米，伴着车轮滚滚回忆往事。还有一次是在宜昌开往重庆的船上度过的，本来订的是八个人的三等舱，突然想到过生日，于是找到服务员，咬了咬牙，花钱升级到了二等舱。房间安静些，听江浪清楚些。

最悲壮且崇高的，要数1999年的生日了。时逢千禧年将至，和现在差不多，人们充满了狂欢的末日情结，又快到圣诞节了，北京满街都是人。那时住在车道沟，没朋友，屋子里没暖气，想着这生日该咋过呢？既然利己无方，那就做点利人的事儿。于是顶着大北风，背着吉他，到东直门地铁通道卖唱。本来今天过生日就不应该加班了，但这次卖唱属于公益性演出，唱啊唱的全是那些心酸悲苦的歌。还遇到一个热心的女青年跟我说，前几天看到我在电视上。她说："其实上电视有啥意思，就这么卖唱挺好的。"挣了一些毛票，但警察管你公益不公益的，照样把我给轰走了。

背了一兜子毛票，坐地铁到了车公庄。寻找一个贫困助学基金会或者是希望工程之类的机构，进了温暖的办公室，才发现手都被冻麻了。哆里哆嗦地把毛票清到桌子上，宣布这是我捐的钱，请帮我数数。数来数去，才十七块钱。我很惊讶今天的收成如此之差。工作人员误会了，说："没骗你呀，要不我再数一遍。"

最后，基金会还给我发了一张捐款证明，一张大小像明信片一样的厚纸壳。我将它揣在兜里，心想这就作为一个生日纪念吧。

其实后来回想，这更像一个行为艺术。在时间的沟坎上，做一个醒目的标记。这个标记很管用：十几年了，回望众多的生日，唯有它最闪亮。

喧哗与骚动

天天上网，那可真是个大渔网，把我捞到生活的海面，喧嚣动荡，一会儿说相声，一会儿当公知。到年底发现，逃不脱新浪微博的推荐广告：随时随地分享身边的新鲜事儿。

南北两个村庄，一个人进不去，一个人不让出，这些新鲜事，分享了半年。火车脱轨、校车翻车，这些新鲜事，又分享了几个月。大家对着一扇门，嬉笑怒骂，忽然发现那也许是一面墙，没有生命，高傲地沉默着，然后大家就吵起来了。这门里有没有人，哪怕是看门老头儿的一声咳嗽，也算是恩赐。

2011年年初，我响应左小祖咒的号召开了微博，加上僵尸粉，现在有二十四万多粉丝了，但是二十四万蝼蚁，搬不走一块砖头。一年到头，演出很多，写歌很少，讲话很多，夯实的思考很少，丧失了诗意——那是安身立命的家，丧失了困惑迷惘怀疑的能力。这样很危险，公共生活尘嚣尘上，私人生活萎缩干瘪。

年根儿岁末，要坐在路边想想，想不出啥，就放任自己做几天老家的傻子，看火车呼啸向前，一二三数飞驰过的车厢，铁轨震动传向远方，日子何时安静如枕木？

岁末一日

今天是2011年12月31日了,这次巡演堪堪结束。从12月23日大理飞昆明起,一周演了昆明、广州、北京、深圳四场,脚不离地飞了五个地方。昨晚在深圳参加一个诗歌公益活动,演完诗人们还要把酒狂欢,我这个相当爱酒的人都觉得力不从心,赶快回去直奔周公。躺在床上忽然想起,日间听一西北诗人大言:"我要办一个文学奖,奖金要跟茅盾文学奖看齐。"旁边一小姑娘问:"十万?"答:"不,要三十万到五十万,评委至少要贾平凹那个层次的,连搞两年,我们那儿就是个文化大省了。"笑得我差一点儿失眠。

今天早上起床,退房,和朋友短暂地吃午饭,同时取货。他帮我妹妹在香港买了紧俏的苹果手机(iPhone 4S)。据说北京因为买这东西都打翻天了,苹果店前排起长队,有人排队一整夜才发现不是卖春运车票的。和朋友互道新年好,马上驱车去机场,飞向下一个目的地丽江。飞机上,我拿出读书机,读了某教授悼念高华的文章。他刚在南京去世。猛然想起去年此时,我在南京参加跨年演出,那个寒冷的夜晚,史铁生去世了。是否年真是一个关口,会把某些人留在过去的时光里?

路过昆明,飞机经停歇脚,阳光炽烈,已经很多天没感受到真正的太阳了。背着行李走几步,还真有点喘,毕竟海拔渐高。在机场里,忙里偷闲发了个微博,回想2011年,发出一副对子的上联,叫"南北两村庄,围着出不来打着进不去,千秋未至荣辱已定",求下联。到丽江后一看,已经有九十八个转发,很热闹。有对"上下五千年"的,有对"早晚都上班"的,有对"东西皆车祸"的。

丽江依然满街都是嘀嘀嗒嗒的小甜歌。这次是来参加 2012 年 1 月 1 日的雪山音乐节的,听说客栈老板是本人音乐的爱好者,所以给赞助了一间宽敞舒适的大房间。今夜虽是跨年,但也不敢太嚣张,明早七点就要爬起来调音。等下午演完出,就可以四仰八叉地躺在床上,彻底地休息几天。按丽江的说法,就是:晒太阳、发呆,女友在侧,艳遇的不敢。

命运中的上海

我常提起自己视觉中的最后印象是在上海动物园看大象吹口琴。可有时又觉得恍惚不对。大象如何能吹口琴？不合比例，技术难度太大了。但我的确是在上海失明的，这也是上天对我的照顾，让我看了一眼那个年代中国最绚丽的城市：霓虹灯、各种颜色的小轿车、夜航船上奇幻的灯语。

我还平生第一次见到了活的外国人。记得妈妈带我去看国际饭店，当时应该是上海最高的大楼了。我仰着脖子数楼层，一个外国姑娘走出大门，她仿佛一只色彩斑斓的大鸟，好像还背着照相机，我毫不掩饰地盯着她看，跟看见大象吹口琴一样。她注意到我（那时我还很小很可爱），就过来摸了摸我的小脸蛋。

上中学的时候，我第一次上台表演吉他弹奏，弹的是《上海滩》。那时，这个电视剧播放的时候，真是风靡一时，歌曲也好听。我很迷恋许文强和冯程程说话的声音，很酷很嗲，过去听的都是中央电台广播员铿锵有力的声音。后来我姐姐结婚生的儿子，就叫啥文强。

我在东北上大学的时候，学校里几乎没有上海同学。听说上海人很恋家，并且认为出了上海就算是乡下。但也有个光彩照人的女孩，学外语的，是文学社社长。她的籍贯跟北京、上海都沾边。所以，每次自我介绍，她会自豪地宣称，"我是个来自北京的上海女孩"，只是这个介绍就让整个东北都感到自卑了。

1995年，我作为流浪歌手，第二次去上海。彼时，我已有一年的北京马路唱歌经验了。来不及怀旧，去哪儿唱？当然选人最多的地方，南京路。

刚唱了一首，警察就来了，他语重心长地向我说明：

"南京路是上海的窗口,你在这儿唱歌,就等于坐在我们上海的窗台上乞讨。"然后他一转眼,看到了我装钱的大纸箱子,惊呼,"这么大箱子,你太贪婪了。"

2002年,我升级为酒吧歌手,第三次去上海。

在浦东的一个歌厅里驻唱。深夜下班的时候,就开始了回家的漫漫路程。我住在虹桥,要从东方医院乘车到火车站,再转个什么车到动物园,然后走上一段路回家。我住在一个小院子里,房东是个资深的上海老太太。小院子里种满了花,她退休前在动物园当园丁。她经常为我的小屋子换上新鲜的玉兰,说这花香对身体好。

她好像没什么亲戚,我们常常坐在院子里聊天,她说起年轻的时候,每天睡在水泥地上很苦,说起她去世的妈妈,还会激动得哭起来,自言自语地唠叨着"我想我妈妈了"。

2007年,我带着刚发行的唱片去上海,做专场演出。上海的孩子们太给面子了,那时,唱片刚出一个月,可大家熟悉得像听老歌一样,演出现场竟然成了台上台下的大合唱,结束时我开玩笑说,到了上海,才感觉到自己快成周杰伦了。

2009年,上海99图书的编辑尹晓冬找到我,要出我的诗文集，当时也有一些别的出版社跟我谈，可尹晓冬凭借一个上海女子的精明和强悍，晓之以理，动之以情，还经常请我吃大餐，最终这本乡下人的书还是着落在了上海。

还有韩寒的《独唱团》，我在上面发了《绿皮火车》。搭上韩寒的顺风车，我也出了点小名。很多陌生人见了我都会介绍："老周，我是看《绿皮火车》认识你的，听说你还会唱歌？"真是令人悲喜交加，好像我是个卖烧饼的，听到人夸奖"您的油条太好吃了"一样。

最后，再送给大家一个小料。话说我住在香山的时候，接到一上海姑娘的邮件，标题是：周云蓬，我爱你。那时候，在山上，整天与荒坟古树昏鸦为伴，对爱情就是两个字：渴望。我赶快回信，邀请她来香山，共商"大事"。等到春暖花开之际，姑娘翩翩而至。先请她到山下最好的饭店吃饭，然后，邀请她漫步植物园。走啊走，姑娘只谈人生、梦想，饭都快消化完了，刚谈到哲学。我一想后面还有宗教呢，要正确引导一下舆论了，就暗示了几句，没反应。后来，我实在疲劳了，干脆冒险吧，犹犹豫豫地想抱她一下，胳膊还在半空中，就听姑娘大喊一声："你要干什么？"我就崩溃了，多少天的向往和那傻瓜胳膊瞬间成了稀里哗啦的大地震。

　　后来她来信告之：你误会了我们之间纯洁的感情。这时候，我想起来，上海那个乐队顶楼的马戏团的歌词：你"上海"了我，还一笑而过。

那些租来的房子

1

平生第一次租房子住,是在圆明园福海边,一间朝北的小房子,比我的身体稍大些,能将就着放一张床,床头有个小方桌,月租八十元。屋门前拴了一只看家护院的大狼狗,由于人穷,狗对我的态度一直不够亲善,每次出门都要注意与狗嘴保持一定的距离,小心地贴着墙蹭出去。

那时，圆明园里多数房东还是农业户口，身上还保留些农民的淳朴。房东之间也是有竞争的，我们房东李大姐的宣传口号是：住进来就成了一家人。李大姐认识片儿警，且在公园里管船，可以免费划。所以我们那个院子总是住得满满的。

全院子，算上我有两个卖唱的、两个画画的、一个写作的，可谓兵种齐全。但谁都要听大姐的，她恩威并施地管理着这群人。

大姐看我双目失明生活困难，主动邀请我和他们家一起吃饭，他们吃啥我吃啥，每天多交两块钱。偶尔有北大的姑娘来找我们玩，请客也请不起，那就去福海，向大姐借一条船，买两瓶啤酒，泛舟湖上，又节约又浪漫。那时候，我卖唱也能挣点钱了，每天到海淀图书城唱，晚上回到家，大姐帮我数钱，用猴皮筋儿把毛票捆在一起，一元的另外一捆。她数钱的热情非常高，见到钱堆里凤毛麟角的十元，总会惊喜地大叫"小周，发财了"，弄得我晚上回来清点收入成了全院子的重大仪式，邻居们欢乐地跑出来围在大姐旁伸着脖子看。

……

每逢春节，回不了家的人全上了大姐家的年夜饭桌。当然不能白吃，会唱的高歌两首以助酒兴；会写作的写春联；会画画的，画点鸟儿鱼儿什么的吉祥物。

2

沿着去植物园的路，向上，见到一个卖蜂蜜的牌子，左拐，上一个土坡，那是我在香山的小房子，月租一百五十元。里面七八平方米，门外有核桃树、枣树，到了季节，一夜大风，哗啦啦地吹落一地的枣子，青多红少。到清晨，房东大妈会很心疼地拿着盆一个个地捡回去，等我们起床的时候，地上只剩叶子了。屋后是一片坟地，有个以前的大官埋在那里。还有一个当年的女知青，不知道她是哪里人，为啥客死异乡，据说曾有和她一起插队的朋友来祭奠过。我们房东祖上是给那个大官看坟的，后来索性盖了两排房子，出租给外地人。夏天，我们在坟地旁修建了一个临时浴室，拉上个帘子，提上几桶水，大家排队，女的先洗。听着哗哗的水声，常能让人想入非非。房东有个女儿，长得很漂亮，总有些人假装探讨艺术来找我套近乎，然后就坐在门前，盼望着姑娘出来好过眼瘾。

晚上，经常能看见这样的场景：女儿去上厕所，我们房东一手拿着手电筒，一手拎着菜刀，警惕地在前面护驾开路。

好山好水可以养人的精神。我的大部分诗歌都是在山上写的，多少年在北京的焦虑，酿成了如痴如醉的文字。下面节选一段那时候的日记。

> 我的小屋后面是树木丛生的野山坡，坡上有一片墓园，墓园旁摆放着十几个蜂箱。天气好的时候，蜜蜂的嗡嗡声融入阳光，有一种催眠的作用。一个人坐上个把小时，时间缓慢，逐渐凝固，感觉自己成了一只金黄琥珀中的昆虫。还有一只猫和一只狗，每逢我改善生活，它们都会不请自到。锅里的羊排熟了，我摸索着掀开锅盖，锅沿旁左边一只猫头，右边一只狗头，都跃跃欲试。它们虽然不爱听摇滚，但我知道它们是又聪明又快乐的生命。

后来，房东为了多点收入，在我门前又盖了一排新房，叮叮咣咣地折腾了好一阵，眼看就要竣工了，一行人开车从城里来了。一见之下,大怒,命令他们赶快拆了,不然,要收回土地使用权。真是的,房东头上还有房东,结果,又叮叮咣咣地推倒了。香山是个死人活人都愿意长住的地方。翻过屋后的小山,是梅兰芳、马连良两位先生的墓,长长的石阶通上去,很气派。梁启超的墓园被建成了一个小园林,一个家族都睡在里面,一定不会寂寞。刘半农、刘天华哥俩睡在山里防火道旁,墓碑斑驳,荒凉得少人祭祀。而那些普通人的,不起眼的小土包,在乱石荒草中,偶尔寒酸卑微地探个头,好像怕吓着别人似的。还有一些神秘的高墙大院,上岁数的居民会给你悄悄指点,那个地方是什么首长住过的;那扇大门,不能靠近。

3

1995年冬天,我和女友去青岛,在浮山所租了个平房,因为那儿离大海近。房租二百元,免水电费。

房东是个很厉害的山东大妈,严格限制我们对水电的使用,还在房间的墙上写上警示语:浪费是犯罪。青岛的冬天又潮又冷,浪漫也扛不住刺骨的海风。屋子里没有任何取暖设备，我们俩整天在房子里打哆嗦，看大海的欲望都没了。幸亏房东有个好女儿，名字叫倩倩，她看我们可怜，偷偷给我们买了个电炉子，可是房东看得紧，哪敢用啊！善良的倩倩瞅准她妈妈出门，就来敲我们的窗户，电炉子红起来了，等她一唱歌，好像是范晓萱的，有一句是"你在海角天边"，暗示着房东回来了，我们赶快拔插头。所以我们很怕听到这首歌，它意味着温暖的消失。后来，钱花光了，还欠了几天房租。还是倩倩，瞒着她妈妈，把我们送上了开往上海的轮船。她临下船的时候，唱了一句"你在海角天边"，本来是临别开玩笑的，可还没唱完，女友就和她抱在一起哭了。

4

我在丽江租了个四面都是玻璃的房子，活像一个大水杯，月租才一百五。我整日坐在这个玻璃杯中，跟着太阳向日葵般地转。丽江的阳光，黄金一样贵重，太阳一出来，坐进一满玻璃杯的黄金里想事情，或者什么也不想。隔壁有个姑娘，半年前辞掉了工作，来这里写长篇小说。我问她是出版社约的吗,她说纯粹是写着玩的。我刚搬去不久,她的小说写完了,要回去了。我说,不如你接着写首歌,这样还有借口再住几个月。另有个朋友,张佺,他家养了一只大狗,叫金花,名字很温柔,性情却很暴力。金花见了鸡,好比恶猫见了耗子,立扑,而且一口毙命。常有纳西族老乡拎着死鸡来敲他家门,要求赔三百元。问:"怎么这么贵?"老乡说:"这是只能下蛋的好母鸡,本来下蛋后还可以孵小鸡,鸡生蛋蛋生鸡,这一算,三百还多吗?"所以,只要张佺招呼我"老周,来喝鸡汤",我就知道金花准是又闯祸了。

5

由于北京房子贵、马路堵、空气差等原因,我和女友 2010 年搬到了绍兴。租了个小木楼,旁边有个桥,叫作酒务桥,这不是明摆着提示我要在绍兴完成喝黄酒的任务吗。我们住的小巷子叫作揖坊。窗外,是泊着乌篷船的小河。早上,赖在床上,听到有划桨的声音,就猜到今天天气不错,有游客坐船去鲁迅故居了。离我家不远，是徐渭的青藤书屋，五元一张票，里面很幽静，整天看不到一个游客。我和女友都想去应聘看门人的工作，不要工资，管住就行。朋友送了我们两缸黄酒，缸口用泥封着，把泥刮掉，里面还有一层黄皮纸，揭开纸，酒香喷薄而出，用酒吊打上一杯，热一热，下雨天，坐在窗前，喝个陶陶然微醺，真就不知今夕是何年了。隔壁开了一家龙虾店，偶有九死一生的龙虾爬到我们房间，女友会把它们放回离饭店远些的河里。后来，龙虾不来了，生意红火的龙虾店突然倒闭了。原来，网上到处流传吃龙虾得怪病的帖子，弄得谁也不敢吃了。我想，这一定是某龙虾成了精，上网推波助澜，发了一条拯救龙虾家族于水火之中的救命帖。

6

还有一个租来的房子，是本人的身体。俗话说，眼为心灵之窗。我这个房子，窗户坏了，采光不好。找房东理论，我胆子小不敢，只好在里面多装上几盏灯增强照明。其实，总是亮堂堂的也不好，起码扰人清梦。坐在自己黑暗的心里，聆听世界，写下这些文字，字词不再是象形的图画,而是一个个音节,叮叮咚咚的,宛如夜雨敲窗,房东就是命运,谁敢总向他抱怨?有地方住就不错了,能活着就挺好了。等我离开这间房子,死亡来临时,那将是又一次崭新的旅行。哪儿都会有房东,哪儿都会有空房出租,流浪者不必担心,生命也不必担心死亡。我将死了又死,以明白生之无穷。

跑得那么快去哪儿

为啥要追太阳？

夸父说："反正我身体棒，有无穷的力量要宣泄。"口渴了，把黄河喝干，鱼都遭殃渴死了，岸边的人也渴死不少，但还是要和太阳赛跑，直到路上的小河也干涸了，自己渴死前，手杖看不过去，先觉悟了，化成桃树林，供后来者望桃止渴。

怎样去西天取经？

孙悟空说："十万八千里，一个跟头就到了。"佛祖问："那你师父怎么办？"要一个个山头地爬过来，每个妖怪都要勇敢面对，漏掉一个，都是一笔债，以后会利滚利地找上来。所以，一路上老孙尽管没耐烦，一会儿东海龙宫，一会儿南海普陀，上天入地地乱飞，但最终还得回到那一步，少走一步也不行，一花一草都不能僭越。

北京地铁的扶梯越来越快，你必须先深吸一口气，一个箭步踩上去，过山车一样腾空而起，你胆敢溜神儿，想起迟到要扣钱，保管一个大趔趄，把你甩到站台上，还没回过味儿，车厢门就嘀嘀嗒嗒地张开了大嘴，别管红男绿女，全吞下去，嚼都不嚼，就轰隆隆地开走了。

北京的房价，那真是日行一千夜走八百，你银行里的存款，赶呀赶，最后连人影子都看不见了。那转念去二三线城市买吧，晚了，眼看着"小兄弟"腿脚也麻利起来，跑得仅次于北京"老大哥"，你转身去追，还是个望尘莫及。

有盖就有拆，你刚离家一年，回家发现住了大半辈子的城市整容了，能拆的都拆光，你会在家门口迷路，直到看见倚门而望的老妈，才知道到家了。你想很文艺地寻找和初恋女友轧马路的小街道？做梦，环城路会不可一世地把你扒拉到隔离带里。祖祖辈辈的小饭馆、明清的老房子、某某名人的故居，都被妥善地挪到一起，统一保管，彼此鸡犬相闻，风马牛不相及。

普快、特快、动车、高铁，你已经失去了坐便宜的绿皮火车的权利。旅途没时间发生故事，人们互相保持距离，仿佛两列火车惧怕追尾。

小学、初中、高中、大学，一条精致的高效率流水线，不怕虎的牛犊子，哞哞叫着赶进去，经过千百张试卷的打磨，千万个考题的凌迟，蓦然回首，小牛已成了不开窍的死气沉沉的牛肉罐头。

进入社会，加班熬夜赶稿子，你丧失了假期和睡眠，总大言"趁年轻能踢能咬，多赚点钱"。岂不知，心肌梗死、抑郁症、车祸、白血病，明枪暗箭，常常闹得个出师未捷身先死，白发人送黑发人。

……

可这不是诅咒，写下的文字就是发出的信号，前方有灾难，请及时停车，哪怕减慢速度想想也好。时间就是生命，然生命高于速度。时代列车的加速度，不应以个体生命为燃料，否则，它就是开往地狱的列车。

曾经有那样的生活，有人水路旱路地走上一个月，探望远方的老友；或者，盼着一封信，日复一日地在街口等邮差；除夕夜，守在柴锅旁，炖着的蹄髈咕嘟嘟的几个小时了还没出锅；在云南的小城晒太阳，路边坐上一整天，碰不到一个熟人；在草原上，和哈萨克族人弹琴唱歌，所有的歌都是一首歌，日升月落，草原辽阔，时间无处流淌。

生命除了死亡还需要休息，思考需要一个菩提树下的坐垫，梦想要求一张安居的床。普通人渴望看得见摸得着能给自身带来幸福的GDP（国内生产总值），它可以增长得慢一点，它应该学习一棵树怎样生长。园丁欣喜早晨的枝头多了一枝小花，果农目睹果子由青转红，地球引领春夏秋冬缓步走过，母亲十月怀胎一朝分娩，我们耐心等，幸福可以来得慢一些，只要它是真的。

跟着古人去旅行

长沙演出完毕,由朋友引荐,上衡山"烟霞茶院"小住。由暑气蒸腾的长沙城,突然转至山中,仿佛由太阳突然一跃而下,到了月亮之上的广寒宫,空气清新得像山谷中的泉水。那儿有一口泉,叫铁佛泉,泉眼旁有个大木勺,可以自行取水。用冷泉泡茶,泡出了茶的另一种气质,清冽冷香。

人在旅途,一边阅读,一边行走,你会不断地和很多古人重逢。比方我曾去天台山，看《徐霞客游记》里描写"石梁飞瀑"的惊心动魄，自己也正站在瀑布下，水雾喷薄弥散，如急雨淋身。这次住在烟霞峰，看徐老兄，也曾经铁佛寺骑驴上山，而铁佛寺正在我们身旁。

烟霞峰还有一位隐居者特别出名，叫作八指头陀，悬崖上有块大石头，像一张坡度舒缓、平展的大床，下临深渊，八指头陀曾在此打坐、参禅。他是一个爱写诗的和尚，就像我是一个爱写诗的歌手。后来，他出山，游历天下，去了宁波的天童寺，结果一去不返，只能梦回南岳。所以他写下了他的名句："何事人间频乞食，此心已是负烟霞。"

非常巧，时隔一月，我去宁波演出，很好奇地去了一趟天童寺。正逢寺庙要关门，游客寥寥，沿着石阶一层一层地向上，经过一个个空落落的大殿，寻找八指头陀的遗迹，哪怕是一句题诗，未果。但在那个空落的藏经阁，远远地听到一个和尚高诵"南无阿弥陀佛"，声音如空山鹤唳，嘹亮有金石之音。走进去，原来他正步态庄严地围绕大经堂转行。我私下里玄想，他就是八指头陀气息的传承者，这也算唯一的痕迹了。

出大殿，忽闻墙上横挂一把竹竿为柄、落叶为帚的扫把。感觉完全可以对着这柄扫把参禅，或者用它来扫地，一边扫地，一边寻找进入真理的法门。

走到寺的最高处，万千竹子如山崖阻断道路，山风从远处吹来，萧萧飒飒，仿佛有条大河朝我奔腾而下，让我重新回到衡山，坐在八指头陀打坐的枕云石上，倾听山谷里的风声。

衡山的主峰是祝融峰，是火神居住的地方，他也是光明的化身。我这个黑暗中的歌者，一定得向他借点儿光。我们要徒步爬上祝融峰，路上都是背着香筒、上山朝拜的香客。他们很有仪式感，穿的服装仿佛文化衫，都写着"南岳进香""回光返照"，前者也就罢了，后者在我们听来并不是好话。悄悄地打听，香客说自己也不知道，只是在山底下买的衣服。

到了山顶，祝融大殿里，长队排出门外很远，仿佛春运时的火车站。只能在远处遥拜。下山时，路过忠烈祠，这是抗日战争时期当时的国民政府为各战区的烈士修建的一座招魂祠。

很多香火鼎盛的寺庙，一炷香能烧到几千块，并且资金雄厚，修得金碧辉煌。我们在求神祈福的时候，是否也能够想到那些在战场上牺牲的青年人，他们是我们英雄的父辈。他们喋血黄土,已经像神一样地护佑过了我们,而我们居然会吝啬一抔黄土掩埋他们的尸骨。愿火神的光明也能温暖他们的在天之灵。

青春疗养院

曾有一个命相大师跟我说:"大理的苍山是典型的阴性山脉,它雄踞大理古城西面,云雾缭绕,这山决定了该地旺女不旺男。"这个科学问题咱就不深究了。不过,很多斗志旺盛的大丈夫到大理居住一段时候,人就变了。你跟他说"出大事了",他会一反常态地回敬你:"慢慢来,别着急。"大理的风花雪月,有一种温暖的催眠效应。如果你刚从北京国贸或者上海人民广场穿越到大理,那你一定会身心涣散四仰八叉地躺倒在苍山下洱海旁，幸福得跟一个白痴似的。

2011年，寒冬将至。我们被寒流驱赶着一路南窜。先在合肥演出，冷雨淋身。马上南下绍兴，天气预报说，全国大部分地区降温，雨雪天气遍布。正好，绍兴租房期限已满，应作家冯唐邀请，前往大理，他那儿有一套空房子，可供我们居住。到了一看，真是个大宅门，三层楼，到处都是明亮的大玻璃窗，可以变着角度转圈晒太阳，从早晒到晚。顶楼还有个大天台，这篇文字，就是坐在天台上的晨光中写的。我还买了三只大小不一的牛铃，有音高的，分别是哆、来、咳，把它们挂在天台上，等着苍山下来的风演奏它们。

文艺青年老了，去哪里养老？答曰：当然是大理。很多人还没老呢，就先来了。人民路是这个文艺古城中最文艺的地方。一路走下去，稀奇古怪的小店铺，一家挨一家。那些看过杜拉斯、迷恋三毛、喜欢列侬的男女店主人，抱着笔记本电脑，坐在门口上网，生意好坏无所谓。没人买东西，还图个清静呢。就像童话《小王子》里的国王、银行家、点灯人，每个人守住一个星球，回忆过去，自言自语，半梦半醒。

走在人民路上，一会儿的工夫，碰见了三拨失去联系的老友。我1995年圆明园的邻居，四川姑娘萧望野，她当时搞摇滚乐，抽烟喝酒。现在在洱海旁，很文明地办了一所"那美"学校，教孩子们捏泥、做木工。接着又遇到高山，我1997年长沙的朋友，现在在丽江的拉市海租了一个大院子，和几个志同道合的朋友一起你织布来我耕田，每个周末还要共同看一次电影，做一次讨论会。画家寂地的家在人民路的末端，我们曾在上海有一面之缘，现在她无视大理的好山好水，整天坐在家里画画，每天一张，为慈善机构"瓷娃娃"做义卖。

经朋友张佺推荐，我们找到了在大理的食堂：一家素菜馆，自助的，随便吃，撑死拉倒，每人五块钱。吃得我都产生了负罪感。这里吃住都便宜，但反过来，你也别想赚到钱。我的朋友舌头乐队主唱吴吞，还有民谣歌手冬子，来演出，买票的不超过五十人，在北京上海他们都是票房爆满的艺人，为啥呢？据我分析，大理文艺青年很多，但都是生产者，大家都是卖东西的，因此对文艺消费积极性不高。这里的座右铭就是啥也不重要，画画只是为了填补时间，不比晒太阳更神圣，唱歌也不过是自娱自乐，花钱买票，那怎么行？还有养狗，这里是狗的乐园，你可以带狗进饭店、泡酒吧，甚至能乘公共汽车。有人走了，就把狗留在街上，这狗跟大家混熟了，吃百家饭，每日从服装店逛到小客栈，人们会指给新来者，它是某某画家的狗，好像能向该狗打听到它远走他乡的主人的八卦似的。

多好的地方，我们正陶醉呢，忘记了太浪漫是要受到造化的嫉妒的。某日晨起去逛三月街的集市，买了一个竹编的碧绿碧绿的背篓，便宜啊，买了个手纳的鞋垫儿，更便宜。然后感觉衣服口袋一轻，一摸，手机丢了。我那个手机会说话，是给盲人专用的，在当地买不到。这下子一盆冷水，从浪漫主义回到了批判现实主义，开始痛骂小偷。我们一路喊着："还我手机，必有重谢。"喊到最后，绝望了，像那个在深海瓶子里的阿拉伯魔鬼一样，改称："还我手机，必有重罚。"

吴哥窟教会我无目的摄影

吴哥窟，无人时最美，人少也可迁就。所以，我跟同行的朋友每日早起，凌晨五点出发，在大队旅行团之前先进入寺庙静悄悄地走动，走累了就坐下来听。

巴戎寺的很多佛像在晨光里微笑，台阶光滑忽高忽低，考验我的脚力。据说，随意坐下来，四周远近高低都有高棉的微笑。我就坐着不走了，举起平板电脑，上下左右一通拍照。本来觉得这样好玩，拍到啥算啥，没有目的没有设想,结果朋友一看,大大地夸奖我,说照片里有一些与众不同的影像,有一张拍到了完整的佛的微笑,还有一张拍的是一双女生的脚,上面有裙摆,脚下是石板路。朋友说,通常人们摄影不会这样选角度。这下子我得到鼓励了,想我可以这样跟吴哥窟建立起私人隐秘的关系,一个盲目的人,用手眼看废墟。

塔布茏寺的树盘绕在墙垣上,一扇门里面是倾倒的石柱,门也是倾斜的,我拍照无法水平地端正镜头,到了这里,倾斜的镜头呈现着倾斜的景物,般配了。塔布茏寺后院,鸟叫得很奇特,口音是异国的腔调,我坐下来对着天空拍照,盼望能拍上一只鸟,拍下来给别人看,照片里是树顶大片的夕光,树冠倾倒入天空,眩晕的倒置的另一番景象。

圣剑寺很迷幻,一道道门槛跨过去,这里的门不是用来通向哪里的,门就是独立的存在。两侧的院落,对称着,颓败得近乎相似,走过一千个门,还像没走几步一样。《百年孤独》里,霍·阿·布恩蒂亚临死前,梦见自己走了无数个相同的房间,他梦见的应该就是圣剑寺。我像个机器人,机械地跨门槛,失明人逛迷宫,双重迷失。其实,又无所迷失,迷宫更多是视觉幻象,闭上眼睛，迷宫就简单得跟我卧室差不多。

女王宫，一位红衣少女住在树林里，精美的红色砖雕，门廊石柱也比其他寺庙小一号。我依然故我地坐在一处创作。镜头里拍到一个柬埔寨小孩，坐在门槛上玩儿，总有那么多小孩跟古树一起，寄生在这千年废墟中。我还听到一名中国游客，给了小孩钱，然后大声教孩子们说：我爱中国，我爱北京，我爱人民币。羞愧得我，都不敢大声说汉语了。

崩密列，听这名字就够崩溃的了，那里是一大滩液体状的房子胚胎，汹涌起伏旋转流淌在一起。朋友搀扶我，走在房檐上，迈过屋顶，踩着柱端，脚下没一块可称作路的平面。走着走着，就下去了，进入废墟深处，我靠着墙掌握好平衡，碰运气地拍照，这里的上下左右非上下左右，是名义上的上下左右，拍到了一个黑屋子，只有一个菱形的窗，一束光，映在全黑里。

在空中宫殿，我仰拍，画面里有无所依傍的门柱，石狮子背后的蓝天。

在斗象台旁，墙上有很多浮雕，善良的工作人员告诉我可以抚摸，能看见的游客是不允许的。我轻触那些衣带飘扬的跳舞的仙女，不小心摸到敏感处，就心里暗暗地道个歉。摸好一个，就拍一个。有的在镜头里很端正，有的只照了半边脸，委屈仙女们了。

坐在车上，我就对着车窗外拍，坐在船上，也拍，反正哪儿有动静，有人说话声音好听，有鸟儿扑打翅膀，我就按快门，有时对准了，平板电脑还会语音提示我：镜头里有一个小面孔在正中央。

七天，在吴哥窟我拍了一千多张照片，多亏不是胶卷时代，我才敢如此肆无忌惮。回国后我在南京先锋书店做活动，我把自己的拍摄，放给大家看，问大家我拍到了什么？现场观众站起来给我讲解。我把景象带给别人，自己永远无缘看到，再从别人口里感知这些景象，绕着弯重回那些废墟。废墟本来不是让人居住的，不讨好人不提供方便。那里的路，并非两点之间线段最短，路回旋通向起点，墙俯卧可踏过，门里空荡荡是天空。做废墟多自由随性，多孩子气。如果我把照片拍歪了，也是因为在那里我没有一条标准的地平线，干脆没有视野，无观点无目的，我先感知到，再借用不同的眼睛努力回看。博尔赫斯的《圆形废墟》《交叉小径的花园》《巴别图书馆》和《阿莱夫》，也是吴哥窟的照片，尽管他可能没来过。

好了，不想说清楚了，甘愿做个迷失的人，在吴哥窟的梦里，鬼打墙，晚点醒。

摸石头听耶路撒冷

1

带着那本《耶路撒冷三千年》，我们在特拉维夫本·古里国际机场降落。

一下飞机，找了个司机，是个阿拉伯人，不会说英语，说好两百新谢克尔到城区，到了目的地，司机变卦了说要两百美元，一下子翻了四倍。民宿老板看不惯，冲出来，说："他们是我的客人，你不能这样做。"两人用希伯来语、阿拉伯语激烈地争吵起来,最终,我们付了两百新谢克尔,把司机打发走了。紧张得一身汗,刚到就见识了因自己引起的小小的种族冲突。

晚六点后,街边的店铺纷纷打烊,连有轨电车都停运了。原来今天是犹太人的安息日,大家都要待在家里。大街上,空无一人,只有黄昏中的乌鸦,嘎嘎叫着从头顶飞过去,显露出这城阴郁的一面。

2

哭墙,原本树立在我的阅读世界里,沿着一个平缓的下坡,工作人员带我走向真实的它。

我举起双手向前触摸,石头平滑湿冷,墙面上有一些手印一样的或大或小的窝。那是多少年来多少双手抚摸出来的,无棱无角,体温尚存。两旁朝圣者在低声啜泣或是祷告,远处人们在大声合唱着颂歌哀歌。

第二次去哭墙,我没让工作人员引领,自己挂着盲杖,依靠脚下的坡度判断方向。我准确地走到哭墙前,这回摸到一些裂缝,里面塞了纸条,那是朝圣者许下的愿望,相信墙有耳能听见。

第三次去哭墙,下午烈日炎炎,少了些神秘悲壮。正碰上大群以色列军人,我跟一名以色列女兵拍了张合影。她挽着我的胳膊,做亲密状,背着的冲锋枪,碰着我的身体。真希望她背着的是吉他或者乌德琴。我把合影发到微博上显摆,并祝福她:服役期间无战事。

3

有时候你会突然惊觉:我竟在耶路撒冷——那曾经在小说诗歌宗教典籍里不断遭遇的耶路撒冷,现如今真实地可触摸可听到。

最后的晚餐处,一间会场似的大房子,里面已空无一物。客西马尼园,种满了橄榄树,还有大朵大朵香气馥郁的花儿。一位老妇人,带我触摸最老的橄榄树,树根光滑得仿佛鹅卵石。据她说,这树见过耶稣,坐在它下面祈祷。她邀请我跟她一起,对着耶路撒冷的城墙,祈祷和平永在。

彼拉多总督府,现在是个小学校。一路走上去,墙上会有稍作提示的金属牌。"苦路"如今很热闹,商铺林立饭店飘香,卖旅游纪念品的、卖明信片的摊位挤挤插插的，受难之路要通过市井喧嚣，最终到达圣墓大教堂。

我跟上人群排着队，触摸与传说相关的一块块石头。感谢石头不会腐烂，对眼睛好的人就显得沉默木讷，对我这失明人的手则网开一面，讲它隐秘的往事。

圣安妮教堂，穹顶回声绝佳。轻轻地哼几句，你会感觉到自己快成天使了。教堂的白衣神父鼓励我：大声唱。我用民谣的破嗓子，唱了一曲《奇异恩典》(*Amazing Grace*)。神父夸奖说，在我的声音里，他听到了上帝的祝福。

在这里，还遇到了一对波兰裔新人在举行婚礼。我旁听了婚礼仪式，还给新娘拍了照片，据说新娘是个金发大美女，可惜我没敢触摸。

耶路撒冷生者与死者相濡以沫。

橄榄山满山坡的犹太人墓园，石棺一排排紧挨着。如但丁说的：死亡竟然毁了那么多人。隔着马路就是活人居住婚丧嫁娶的红尘。

圣母玛利亚的墓离她出生之地不到一公里。大卫王的墓，要男女分开排队瞻仰。拉撒路走出来的墓是个很深的洞穴，里面冷飕飕的，洞壁上结着水滴，洞口有人收费，下去一次五新谢克尔。还有辛德勒的墓，他救了很多犹太人，所以他被埋在这里。

以色列犹太大屠杀纪念馆里面没有墓，有死者的衣服、烟斗首饰，很多遗物，满墙的名字，密密麻麻写满几个大房间。

如果他们每个人拥有一个墓穴，那整个耶路撒冷老城恐怕都装不下。

4

老城里都是石板路，要不断地上台阶或者下台阶。

两边有叶脉般延伸下去的小胡同，房子一座比一座老。有的屋子就是座山洞，黑咕隆咚的。

店铺里卖的东西，看上去眼熟，头巾陶罐瓷碗，手链项坠，民族服饰，木雕，跟大理人民路的相似，是不是出自义乌，不晓得。

吃得很简单，大饼卷肉，加上点蔬菜沙拉。吃了几天有点想念方便面了。估计这里的人，天天忙着虔诚祈祷，压根不琢磨怎样吃好穿好。

幸好我找到了酒，当地的葡萄酒很不错，都是伯利恒产的货，锡安牌的，酒里有信仰的力量。我还找到一瓶波兰伏特加,肖邦牌的,酒瓶上印着五线谱,后面有肖邦的头像。这就更不能不喝了,可以加深音乐修养啊。

某天,发现一家小店,门上注明是视障人的手工作坊,收入也全给视障劳动者。我当然很感兴趣,店里卖的主要是各类毛刷子,我买了一个,做个纪念。店主人还拿出一根盲杖,金属的可折叠。我一试,又轻又长,非常合手。问老板价钱,他说可送给我。我付了十美元,反正最终是落到咱外国盲胞手里的。出来,我正举着平板电脑给店门脸拍照,旁边来个人脚步拖拉,我想,他会躲我的,没想到他直撞过来,原来他就是为这小店送刷子的视障人。俩失明人在耶路撒冷街头能撞在一起,这是怎样的概率呀!

老城里也没啥交通工具,我整日从雅法门走到大马士革门狮子门锡安门希律门,走得卖东西的人都认识我了。干脆我搬到雅法门里的一家老旅馆。一进房间,我大吃一惊,原定的普通标间,升级成为宽大的复式套间,有个老式的旋转楼梯可上二楼,窗外还有个小阳台对着大卫塔。马上到前台向老板致谢,老板是个声音洪亮的犹太老先生,彬彬有礼的,见我眼睛不方便,主动免费为我换了个高级间。

这座旅馆有一百多年的历史了，隔壁门上写着：1905年，荷兰前总理曾住过。

我坐在旋转楼梯上，喝着伏特加，浮想联翩。一百年中，这房子里都发生过什么故事？会有爱情离别，也会有凶杀密谋吗？我也将隐入时间的黑暗河道，未来人也会这样猜测我的今天。

5

伯利恒有圣诞教堂。

此时那儿归巴勒斯坦解放组织管。去的时候，要下车过检查站。通向关口的路，两旁是铁栅栏，栅栏外耸立着水泥墙。路的尽头有端着冲锋枪的士兵，进行安检盘查。士兵态度还很好，没怎么检查我，一把把我拽过去了。

巴勒斯坦这边，都是拉活儿的黑车司机，跟一个司机讲好了，到教堂三十新谢克尔。司机很能侃，说中国人是巴勒斯坦人的好朋友，差一点就血浓于水了，他可以在教堂外等我们，把我们拉回来，价钱加一倍。我们说想自己逛逛，不用等。他马上变脸，称三十是一个人的价钱。

懒得跟他啰唆，下车多给了十新谢尔克。用汉语抗议：您就这样宰熟呀。他用英语回答：Thank you（谢谢）。

圣诞教堂的圣物仍是石头，一块碗状的石头，大家排队躬身触摸。

出了教堂，不想打车了。徒步寻找公共汽车站，边走边打听，路过一个大菜市场，跟中国的市场差不多，卖土豆辣椒的，卖苹果橘子的，大块烤肉穿在钎子上，热烘烘的，还有中国产的拖鞋袜子毛巾指甲刀。

走了两公里，找到车站乘车，可以直接回耶路撒冷。到关口，车上的一部分人下去，要接受安检，我们外国人不用下，士兵端着枪上来看看护照，就放行了。

6

死海，初中地理课学过，那是地球上最低的地方。

车沿着约旦河一直开，到死海时，气温上升到三十六摄氏度。海水远看是浓稠的绿色，我脱鞋下海，脚上的裂口处，一阵剧痛，跟踩进火里似的。海浪黏稠地打在沙滩上，声音嘶哑，一点也不爽快。我猫腰在水里摸几块石头，想带回家没事舔舔，留点味道回忆。顺便我尝了尝海水，那根本不算水，简直是硫酸。要是带一筐鸭蛋，放里面，捞出来一定成了一筐咸鸭蛋。

死海水深三百六十米，海底是固体的盐。这么一大汪浓稠暗绿且无生命的深渊，上帝创造它，是怎么想的？

回来，发现死海还是有积极意义的，我多年未愈的脚气，再不痒了。

7

雅法门的门洞里，一个女子弹奏竖琴，行云流水，感觉那是能洗心的神乐器。竖琴也被印在以色列的硬币上，犹太人的祖先大卫王，就善弹竖琴。真想买一架带回大理，对着苍山弹上一曲。一摸，太巨大了，背不动。

要说再见了，耶路撒冷。

那本《耶路撒冷三千年》只读了一百页。

十五天的过客，比之三千年的聚散生灭渺小肤浅得不值一提。就只携带死海的石子，教堂晨起的钟声，黄昏天上的乌鸦，还有那些石头的温度触感，走去下一个城市。

传说中耶稣所行神迹，曾让盲人重新看见。我揣测自己黑暗的面目,或许是神迹的一部分。这是我跟这地方前世的善缘。换一个季节换一个年龄,我会再来。那又是另一个耶路撒冷!

伊斯坦布尔的气味

凌晨三点，远远近近的清真寺开始吟唱，召唤信徒做晨祷。一声高亢的长音，引领更远的短音，起起伏伏地飘到海上。大群海鸟拍着翅膀鸣叫着飞过屋顶，不是公鸡报晓，是忧郁的气氛唤醒你，你醒了，想起在伊斯坦布尔。

作家费利特·奥尔罕·帕慕克是这个城市的气味。我读着他的小说《白色城堡》《我的名字叫红》，还有《伊斯坦布尔：一座城市的记忆》，一边读一边在这个城市里住下来，吃烤肉，喝拉克酒（Raki），还有一种酸奶，里面加盐，我的最爱，叫作艾兰（Ayran），我曾经一口气喝了十几杯。他的小说里经常提到金角湾，好名字，我就找金角湾周围的民宿住。他说的横跨金角湾的加拉塔大桥，我走了好几趟，桥上有人垂钓，桥头路边摊的烤鱼又新鲜又便宜。他讲伊斯坦布尔的细密画：失明就是寂静，是绘画的极致。我想象着那样的画，一定是浓艳的、热闹的色彩，衬之以幽暗的背景，就像垂挂着厚厚窗帘的窗台上摆放的香水，瓶口敞开，红色的，叫作火焰天使，蓝色的叫作博斯普鲁斯海流，红色的味道如新婚，蓝色的像是金婚纪念日。

《纯真博物馆》本来是帕慕克的一本小说，他把虚构的小说落实成一个博物馆。我们沿着独立大街寻找纯真博物馆，捉迷藏一样地大街小街地钻进钻出，终于找到那栋小红楼，旧旧地矗立在胡同的角落，里面展览的都是日常用品，小说里提到的小物件、装饰品。伊斯坦布尔过去的痕迹都活在这儿：满墙的烟头、大茶缸、蝴蝶胸针、小瓷狗，还有衣裙，空空的，挂在那儿好像里面故人的灵魂鼓荡着不愿离去。一个城市年深日久，就会成精，幻化出一个具体的肉身，说话思考行走在尘世。

帕慕克就是伊斯坦布尔的精神。鲁迅是绍兴的神，张爱玲是老上海的神，老舍是北平的神，卡夫卡是布拉格的，萨拉马戈是里斯本的，沈丛文是凤凰的，柯南·道尔是伦敦的。

阿加莎·克里斯蒂在这城市写了《东方快车谋杀案》，她住过的酒店，还在。我试着读了几段，太啰唆沉闷了，看不下去，可能过了看这书的年龄。到了那个酒店，只在大堂里坐了一会儿，上了个洗手间。

斯蒂芬·茨威格也写过这个城市，写穆罕默德二世1453年攻克君士坦丁堡的故事，一个小小的疏漏，一扇小门，没关好，导致全城的沦陷。书里提到圣索菲亚大教堂，孤城沦陷前，几千拜占庭人在教堂里做最后的祈祷。我在圣索菲亚大教堂里，逡巡了很久，听着嗅着，那么多的时间，那么多祈愿，控诉，忏悔，踪迹全无，可能都沉淀进石头柱子石头穹顶石头门廊里了。所有柔软温暖最终都将归于坚硬冷静。

蓝色清真寺，不用偏要进去，我只把这名字细细地咀嚼，满口的橄榄味，满脑子的天空高远，各种蓝层叠向上。我坐在清真寺的大院子里，举着平板电脑为来往的人拍照，拍到谁算谁，全凭偶然。很多人在大草坪上睡觉，大太阳地里走一下午，又热又疲倦，我也躺下来，在一个清真寺的殿堂里，地毯软软的，殿堂里凉丝丝静悄悄，做梦都是圣洁的。

苏莱曼尼耶清真寺的土耳其浴室，有几百年历史了，进入大厅，香得我浑身软绵绵，马上要瘫倒。穿好木头拖鞋，腰部围上一大块毛巾，我走进著名的土耳其浴室，耳畔响着低回悠远的土耳其笛声。屋子里热气氤氲，黏在皮肤上，屋中间有一块滚烫滚烫的大石台，要趴在上面，把自己熏蒸二十分钟。据说水汽朦胧的四壁上描摹有古老的色彩艳丽的壁画，我感觉自己进入了埃德加·爱伦·坡的某部小说里，恐怖的华丽，趴在火石上，等着行刑人的到来。行刑人来了，一位土耳其大叔，把我扯到旁边小一些的房间里，把我按在另一个滚烫的石台上，一大盆水浸着很多块香皂，好像一大团火烧云在皮肤上滚过，然后撅胳膊拽腿，拧巴了一顿，端起整盆的清水泼上去，哗啦啦地仿佛把凉水泼到油锅里。终于"行刑"完毕，解脱了，出来斜靠在靠垫上，喝几杯鲜榨果汁，打个盹，玩味"劫后余生"的滋味。走到阳光下，皮肤嫩嫩的香喷喷的真想咬自己一口。

土耳其的甜点，跟土耳其浴一样，幸福得你要晕倒，咬一口，满口流蜜，让你担心这国家人民会不会都是长不大的爱吃甜食的馋嘴小孩。

就这么个甜蜜蜜香喷喷的地方，街边烤着大块的牛羊肉，人们咕嘟嘟地抽着水果味道的水烟，他们的音乐却是悲伤忧郁的，像是沉浸在回忆里，失落得无可名状。

土耳其乌德琴十一根弦，琴颈上无品位，是吉他的老祖宗。乌德琴跟中国古琴一样，漫长的时间里，孕育了自己鲜明的音色性格，随意拨弄就回到古老的亚洲深处——骆驼商队羊皮古卷宗教战争迁徙的人群盛衰交替的帝国。

土耳其大巴扎，是全球最大的巴扎，比整个大理古城还大。进去了，你首先要捂住钱包，心里默念：克制冷静。好玩好看的东西太多了，加之还有很多换钱的银行。你要是带了个文艺女朋友来，那后果不堪设想，就算你舍得花钱讨美人欢心，你还要有力气大包小包地背回国。我闭上眼睛捂住耳朵，逛了好几条街，只花了一百多人民币。然而，到了个琴行，满墙的乌德琴，彩色的迷你手风琴，各类叫不上名字的乐器，老板为我现场演示，弹得心潮澎湃，吹得心碎肠断。

钱包洞开了,冷静融化了。买了个忧伤的笛子,声音像黑管,暗暗地如泣如诉。再买了个小手风琴,抱在怀里,就像抱个婴儿,天蓝色的,路边卖唱人最爱用。最后一咬牙,买了个终极性乐器乌德琴,挑了个最贵的,面板是加拿大枫木,音色很好听,管他何年何月才能学会!到隔壁买了个大拉杆箱,装满拉起来,向琴行老板挥手道别,走了,再不敢回头。

回国乘坐土航的飞机,餐饮很豪华,竟然供应伏特加、威士忌、干红干白,我都不要,我向空乘要土耳其拉克酒,且要加水,这酒原本透明,加水会变化成乳白色,空乘小伙子见我识货,是酒行家,专为我开了一瓶。酒里有葡萄蜂蜜茴香加奶的味道,经水调和不温不火,十二小时的飞行,正好一杯一杯到北京。

第二篇　　**路上的歌**

太阳出来,为了生活出去。太阳落了,为了爱情回去。

——周云蓬《鱼相忘于江湖》

吉他的故事

吉他之于我,好比战马之于战士。有时候,音乐节彩排结束,空空的台上只剩下一排排高矮胖瘦的吉他,好像冲锋前躁动不安的吃草的马群。吉他有生命,有它自己的故事。

20世纪80年代,我参加过沈阳街头的磋琴活动。就是两拨人,轮流弹唱,技不如人者,或者请客吃饭,或者当场砸琴。一次,决战中我们这边掷出了一枚重磅炸弹，十几个人各抱一把吉他，站成一排，狂吼："成，成，成吉思汗，有多少美丽的少女都想嫁给他，他拥有世界最大的国家。"声势太大了，一下子就打垮了对方的信心。后来，我独自来北京，还是一把吉他陪伴，唱街头，下地铁，跑酒吧，窜教室。保安来了，先抱上吉他跑，搬家时，先把吉他放进车。那是真的患难与共的生死交情。

记得徒步走西藏的时候，在山南露宿，睡觉时吉他就躺在身边，但有一天走得太累了，睡得有点沉，醒来突然发现吉他没了，天塌了，因为前面的路，谋生全依靠它呢。我想，肯定是给小偷偷了，就赶快报警，可由于吉他估价太低，警察破案的兴趣不大，所以找了几天都没下落。

后来，聪明的我想了个招，我的吉他是个电箱琴，对于小偷没什么具体价值，我就找人写了个告示，大意是只要把琴还给我，可当场酬谢二百元，还有一盒红塔山。结果，果然奏效了，一人来找我，声称他朋友捡到了，然后成交，琴回来了，钱拿走了。我抚摸着失而复得的它，在心里默默地祝告：老伙计，一场虚惊，只要你在，未来的路就有希望。

后来，这把琴老了，面板有了裂纹，琴轴也生了锈，我就把它挂在墙上，去香港买了个国外产的新琴。演出基本不用它了，偶尔拨弄几下，嗅一嗅它身上千山万水的味道。

2005年，深圳电台发起了一个扶助贫困家庭的活动，他们邀请我拿出一样珍贵的东西拍卖，用作帮助的资金。我就想起了那把吉他，我心里说，老伙计，给你找了个返聘的工作，像我爸退休后老躺在床上，就容易生病，所以继续你的流浪旅程，发挥你的余热去吧。并且偷偷嘱咐它：你私下里见证过的我的那些爱情故事，可别乱说出去。最后这把琴拍卖了五千多元，换得了柴米油盐和一户人家几个月的温饱。

卖唱者言

春晚舞台上了若干卖唱歌手，闻之，令我这个曾经活跃在卖唱第一线的人倍感欣慰。真希望能借这阵东风，落实卖唱人的合法身份，像欧美国家那样，进行考核，定点上岗，成为都市公共生活中的特色风景。

作为一名资深卖唱人，下面我向读者普及一些此行当的基本常识，仅供就业无路者参考。按照工作态度可分三类：

1. 专业转正型。把它当作终身职业，全部生活收入都来源于此。比方，我在圆明园时期，邻居小罗按时去街边地铁上班，迟到要自己扣自己工资的。后来，他靠在北京卖唱的收入给乡下的妈妈盖了大瓦房。

2. 临时救急型。比方刚来北京搞音乐闯天下的，一时马高凳短，没吃的了，一咬牙，拿着吉他就下了地铁。但只要找到唱片公司或者酒吧，接到了活儿，也就洗手不干了。

3. 姜太公型。此类人，自认非池中之物，卖唱不过是名义。等找了一个爱传奇喜浪漫的好姑娘，或者被某导演、电视台看上，立马冲天而去。

从工作特点又可分两类：

1. 守株待兔型。我就在西单唱，别的地方好赖都不羡慕不嫉妒，时间长了，我就成了西单女孩。我的朋友刘东明，当年在东单也唱过很久，他想2012年作为东单男孩冲击春晚。

2. 主动出击型。比方说，拿着自己的歌单到夜宵摊上，点一首歌五块钱，我那个小罗朋友拿着吉他去学校教室，瞅准下课的前一秒，冲进去，唱自己原创的歌，趁保卫科的人还在路上，迅速收钱，撤退。这个得有点军事素养，不可轻易效仿。

总之，从业者若嗓门大，琴弹得糙，且神经强悍，更可成为该行业的佼佼者。

……

大多流浪歌手看似浪漫洒脱，实际心中暗藏很多尴尬和辛酸。但流浪艺人是民间音乐自由的土壤，当我们称赞《荷马史诗》还有《二泉映月》的时候，也请多多善待身边的卖艺人。

第一次出国看演出

2010年9月22日,我应歌德学院之邀,参加了汉堡"绳索街音乐节"。这是我参加的第一个国外音乐节。那里是一个著名的红灯区,滋养了摇滚乐和最初的嬉皮士群落,披头士就是从此地发迹的,当地人至今仍津津乐道,说当年他们在酒吧里,每天要唱五个小时。我第一次参加国外的音乐节,所以认真地观察了他们的运作模式。演出共三天,有二十多个场地,将近两百个乐队演出，三天的套票折合人民币要一千多元。我们的团队里，有上海著名乐评人孙孟晋，每天大家都拿着演出指南跟着他，研究看演出的攻略。老孙喜欢看风格生猛的乐队，所以第一场就把我们震了出来，只留下他自己在里面手舞足蹈。我们换了一个民谣场地，有一个苏格兰的小伙子，一人一箱琴，他的演出行头和我很相似，他的嗓音酷似约翰尼·卡什，简单的旋律不断地反复，好像在讲故事，带给台下一阵阵哄笑。他演唱结束的时候，台下人热烈鼓掌，求返场，但是他不想演了，就下来跟观众站在一起，对着空空的舞台煞有介事地鼓掌。观众大笑而散。

看了几场，给我印象很深的是，乐队开始时间都很准时。他们的调音时间不像国内乐队那么长。我和朋友还去了披头士第一次演出的酒吧，破败的老街，酒吧已经有了几十年的历史，屋子里挂满了披头士成员的相片。我们一坐下来，就有个乐队开演了。之前，我还跟朋友吹嘘：国外的调音师水平特别高，现场的音响效果跟国内的不可同日而语。结果，那个乐队的前奏一起，贝斯就开始汽笛一般地呜呜啸叫，让我当场被大大折辱。

另外，与国内酒吧的高消费对比，德国的酒水算便宜了。一瓶纯正的德国啤酒，在酒吧里只卖一两欧元。而且你不消费，也没有服务生拿酒单满场追着你跑。为什么酒吧到了中国就成了奢侈品？在酒吧看演出的，除了年轻人，还有好多老头儿老太太，就像我们国内当年的戏园子。

音乐节的第三天，演出达到了高潮。街边坐满了背着帐篷、拎着啤酒来看演出的酷小伙和酷大叔，红灯区的女主人们一个个地靠墙而立，巧笑嫣然。还有暗潮涌动的某政治团体的集会，警车呜里哇啦地一辆接一辆，彻夜不息。

最后一天，我们坐着邮轮游览易北河，快靠岸的时候，最生动的一幕出现了，一群五六岁的孩子在岸上，像唱歌一样，一起挥着手，向着我们喊："Hello！Hello！"

马不停蹄的音乐节

过去,我们在北京城里跑场子,曾经戏言:将来能坐飞机满中国地跑场子,那就牛了。2010年,牛来了。

我是2010年10月8日到的济南,参加一个叫"民谣盛典"的演出季。跟我联系的时候,主办方说这次演出并非商演,前一阵工体不是有个摇滚的"怒放"演出吗,他们宣称也要搞一场民谣的"怒放"。等我们到现场时,剧院到处都是某酒厂的大幅广告,演出前,各方领导纷纷登台讲话,所以到后来,歌手就没多少时间唱歌了。可是他们忘了通知我,所以我还优哉游哉地唱了四十多分钟,事后才知道,那时后台已经乱套了,因为领导等着唱完合影,甚至主持人在后台发狠:"怎么不直接掐话筒!"我以为这只是作为开幕式第一天的特殊待遇,过几天遇到张佺,他也在济南刚演完,我问他怎么样,他说前面各方领导纷纷登台讲话,最后要合影,所以他那天只唱了两首歌。

还有一个趣事,名单上写的有小河参演,我还纳闷,因为那时小河已经去了瑞士,以为他有分身术。据现场人描述,先是主持人报幕:下面有请小河。台下欢呼声中,上来了一个陌生版小河。观众一阵交头接耳,但大家以为小河爱搞行为艺术,今天或许是个易容的表演。结果唱了几首歌,观众狐疑着纷纷退场。

之前,2010年10月3日我参加了丽江雪山音乐节,音乐节最怕下雨,尤其是户外的。所以,据说国内很多大型音乐节主办方事先要去龙王庙拜祭一下。束河也有个龙潭,上面有个过去的龙王庙,可能主办方忘记了,没去祭拜,演出三天一直下雨。

这次演出有些细节:张佺一上台,雨就停了,他练的是大漠派的功夫，歌声起处，雨散云消；实验舞台的万晓利就是不唱歌，人们误以为他调音一个半小时，就下台了；老狼人气最旺，雨后的现场蘑菇般突然冒出几千人；苏阳喝醉了，哄客栈的牧羊犬睡觉，搞得那狗彻夜失眠。束河成了北京的后海酒吧街，每家门前都有个深情款款的驻唱歌手。某早点摊的招牌上，写着"豆浆油条"，紧接着又加上了"发呆，晒太阳，艳遇"的宣传标语。

永远年轻，永远不听话

2011年4月8日，我去上海大舞台看鲍勃·迪伦中国巡演。仿佛是上天为他安排的出席仪仗，离体育馆三百米，路边就有一个卖唱歌手，在吹着口琴唱歌。再行百步，第二个卖唱歌手正在低头调弦，马上就要开唱。快到门前，第三个卖唱摊出现，并且有自己的宣传口号：向鲍勃·迪伦致敬！流浪歌手某某街头演唱会，手机号×××、QQ号×××。

坐在座位上,听到后面的观众嘱咐自己的孩子:"今天演出的老爷爷,你这辈子大概只能见一次,一定要好好看。"全场熄灯,乐队上场,大家欢呼还未结束,第一首歌的前奏已响起,老迪伦的声音迫不及待地冒了出来。我真是难以想象,七十多岁的人能在舞台上这样嗷嗷地唱歌。我们常见的七十岁老人,都是在公园里,像落日一样庄严又平静地唱着《夕阳红》。歌曲几乎是一首连着一首。第二个高潮是鲍勃·迪伦开始吹口琴 solo(独奏)的时候。那是他的招牌范儿。其实他的 solo 跟我们万晓利的水平很接近,就是执拗地在几个高音上来回挣扎,突破乐队的和声,又颓然地倒下去。至于他的歌,我跟在北京的先行者的观众们意见一样,都不甚了了。

就感觉他把当年的一些旋律肢解成欢乐或愤怒的口白。整个乐队的表现,也就是中等偏上。有一首歌,开始的时候,贝斯跑音了,鼓手没有等他,直接进入前奏。贝斯是在前奏的摸索中把音又调回原位。按照我苛刻的要求,作为世界一流的乐队,这个错误是不应该犯的。

整个演出的氛围更像一个不经意的酒吧现场。无论是舞台设计还是曲目的安排,都找不到我们所理解的上万人的大演出的严谨结构。但也可以理解,这正是鲍勃·迪伦我行我素的风格。每一次前奏响起,大家都盼望着,是《答案在风中飘扬》吧,是《敲开天堂的大门》吧,都张开了嘴准备大合唱,然而,又是一个陌生的旋律。从这个角度理解,鲍勃·迪伦的确是一个终生叛逆的歌手。他从一个阵营叛逆到另一个阵营,叛逆自己的反战标签,叛逆自己的木吉他。当然,他也会叛逆那些被经典化、偶像化的旋律,如《答案在风中飘扬》等。我想,他在中国的舞台上诚实地呈现了他本真的面目。

高潮在最后还是出现了。倒数第三首歌,乐队磨合得更加自如,乐手好像也放开了手脚,整个音乐趋于华丽飞扬,调音似乎也比前半场好了很多。经过一个小小的返场,《像一块滚石》在上海滩真实地响起。它的和声套路丝毫没有变,所以一听前奏,我就空前绝后地找了一首自己熟悉的歌。那些资深的迪伦迷,或者英语娴熟的人,听几句就知道这是他经典的歌曲,半场观众开始沸腾。另一些人还在艰难地判断、取舍:这到底是哪一首?当最后他唱"Like a rolling stone"(像一块滚石)时,整个一个多小时的万人大合唱的期待得到了解放。

最后一首,是《永远年轻》(*Forever Young*),一首关于光辉的嬉皮士运动的落幕之歌,带有一种燃烧后的灰烬的温暖和怅惘。迪伦也很动情地反复唱了好多遍"Forever young",这让我想起了凯鲁亚克的那句话:永远年轻,永远热泪盈眶。但我还想补充一句:永远不听话。

关于凡·高的经典民谣

野孩子乐队的主唱张佺,一人一冬不拉一口琴,低调地走在巡演的路上。他是中国装备最简约的民谣艺人,是那种绚烂隐于平淡,杀气敛于无形的民谣剑客。他关于凡·高的歌词如下:

《伏热》
他的心就像石头一样坚强

哪怕破碎了那也是　那也是石头

他的爱就像花儿一样善良

就算天黑了那也是　那也是花儿

太阳在那阿尔的天空燃烧得太快

送行的人还没有到来

大风把那苦涩的汗水吹遍了田野

只有天真的孩子快乐地唱着

伏热　伏热　伏热　伏热

一次古老民歌精神的灵魂附体，用石头、花儿作比喻，首先要放下争奇斗艳的心，孩子和大师才有的思路。民歌几千年就是个保守的赋比兴，从身边的事物中找比喻体，信手拈来，又无比恰当。像陕北民歌中的"山坡坡""泪蛋蛋"，一切外物都成了歌唱者的亲娘老子婆姨孩子。张佺最早离开北京，娶妻生女在丽江，丽江对于艺术家可是个险恶之地，"烟盒里的云雾，酒杯中的大海"，邂逅无数。而张佺如定海神针，岿然不动安静踏实地在那里做有关理想和土地的音乐。

张佺的凡·高是大风烈日下的劳动者，别人的凡·高又是谁？其实每个人最终都在呈现自己。如今，没有陶渊明的乡村供你隐居，没有孟浩然的山水供你笑傲，我们只能苟全性命于城市，偶尔在自己的孤独里小憩，甚至孤独也须向人解说清楚，不然会背上装的恶名。

所以，真正的孤独，我们看不到。

白银米店

民谣界中忧伤的手风琴手——张玮玮扬言,在家乡兰州只要一个深呼吸,他就能嗅出两条街外的拉面馆是否正宗。然后,他写了一首情歌,背景却是南方的米店。

《米店》
　　三月的烟雨　飘摇的南方
　　你坐在你空空的米店

你一手拿着苹果　一手拿着命运

在寻找你自己的香

窗外的人们　匆匆忙忙

把眼光丢在潮湿的路上

你的舞步　划过空空的房间

时光就变成了烟

爱人　你可感到明天已经来临

码头上停着我们的船

我会洗干净头发　爬上桅杆

撑起我们葡萄枝嫩叶般的家

这首歌，应该被舟山或者泉州这样的海边小城买去，作为市歌，在清晨细雨如斯的广场上播放，整个小城都能隐隐地听到。人们懒洋洋地吃着早点，悠闲美好的一天即将开始。

歌曲的旋律慢悠悠的，仿佛曲曲折折的窄巷子，两边斑驳的门窗，流水般起伏而过，我们骑着单车，一路向前，爱情不纠结，风轻且云淡，天边外，有北京上海们在自恋地推动这个世界旋转。

情歌最怕流于空泛，而《米店》是实实在在的爱情，葡萄嫩叶织成的家，清贫的工作，小天小地的，大海也温顺得像城外的牛马。阶梯般的节奏，缓步而下，跟随卖杏花的、卖米酒的下到巷子的深处，小儿女的小城之恋，不足为外人道。

张玮玮出生于1976年的兰州，他回忆小时候，整个一愁容骑士，上学的时候，成为问题少年，敢跟体育老师对打。后去广州闯天下，狂唱张楚，占领了某地下通道。又转战到北京，发奋练习手风琴，荣幸地成为野孩子乐队的成员。接着加入美好药店乐队，客串左小祖咒、王娟、钟立风等乐队的乐手。

左小祖咒的《恩惠》

左小祖咒是个什么样的音乐家?永远不配合。比方他的某首歌,差一点就忧伤起来了,然而他坐下来打了个哈欠。或者,差一步就快乐了,他转身拐弯了。他的音乐是多向性的,里面道路纵横,你可以自由出入。这决定了他独特的唱腔,晃晃悠悠,决不靠岸。

下面是他十七年前的歌:

《恩惠》

阿丝玛和她的孩子们得到过你的恩惠

尽管你说过多五百元你也不会富

尽管你说过少五百元你也不会穷

她和她的孩子们得到了你的恩惠

阿丝玛背着长子抱着幼子拉着她的情人

走到了塔克拉玛干　走在塔克拉玛干

她神秘的脸上镶着珠宝光的眼睛开始模糊

她和她的孩子们得不到你的恩惠

阿丝玛背着她的长子抱着她的幼子

走在塔克拉玛干　走在塔克拉玛干

她神秘的脸上镶着珠宝光的眼睛开始模糊

她和她的孩子们得不到你的恩惠

阿丝玛抱着她的幼子　抱着她的幼子

走在塔克拉玛干　走在塔克拉玛干

她神秘的脸上镶着珠宝光的眼睛开始模糊

她和她的孩子们得不到你的恩惠

阿丝玛在塔克拉玛干　在塔克拉玛干

走在塔克拉玛干　走在塔克拉玛干

她神秘的脸上镶着珠宝光的眼睛开始模糊

阿丝玛　阿丝玛得不到你的恩惠

根据左小私下解释，这首歌是晦涩的黑童话，阿丝玛，一个唱着歌散播死亡的女神。还有一种解读：对他好的女子，比方借钱给他可以不还的姑娘，都被他称为干妈。他当年潦倒北京的时候，身边人经常会听他说"找我干妈去了"。那时，他更像个顽劣的音乐儿童，所以，阿丝玛是他生活中好女子的象征。

但是，一千个耳朵里有一千零一个左小祖咒。我理解歌曲写的是云南姑娘阿丝玛，因为多生了个孩子，带着两个儿子和一个情人，亡命天涯，跑到新疆，一直跑入"死亡之海"塔克拉玛干。

矜持的狂欢

2010年音乐节如井喷般大范围地爆发起来，我身边的一些小有名气的歌手，忙的时候，都是打着飞机满中国地赶场子。大家私下里认为音乐人的春天到来了。

等2011年，春天来了的时候，音乐节却大多销声匿迹了。

那时音乐节的运作常常不够专业，往往是花钱很多，看的人寥寥无几。像2010年我参加的广州某音乐节，场地里，警察比观众还多，一小撮文艺青年们在全副武装的防暴警察的包围中，战战兢兢地小声欢呼着。张北县办的草原音乐节，宣传画上一片风吹草低见牛羊，等到了现场，就是个寸草不生的戈壁滩音乐节。所以，这种急功近利的做法，不会长久。到了2011年，繁华褪尽，还是那几个老牌的有成熟运作团队的音乐节坚持了下来。

摩登和迷笛，一山二虎。迷笛音乐节资格老，2011年已经是第十三届了。迷笛学校，当年就是中国地下音乐的黄埔军校，前几届，都是免票的狂欢，给歌迷留下了乌托邦般美好的回忆。可这种完全拒绝商业的浪漫无法持久。摩登天空，作为一个拥有众多签约艺人的唱片公司，异军突起。先是共同瓜分北京市场，紧接着凭借自己的商业运作，摩登不断扩张，2011年，迷笛已经退守到北京偏远的门头沟去了。据我的经验，摩登给演出艺人的报酬更丰厚，而且敢花钱请大牌。2007年，我和小娟等人参加迷笛，演出费几百元，那时已经开始售票了。而第二年，摩登给我开的价涨了十倍，且演出环境也不赖。

迷笛战略转移，到镇江发展，摩登也勇渡长江，2011年，在周庄、苏州也开了分会场。这种良性的竞争，对于看演出的观众是好的,对于参演的艺人也很有利。

其实,除了这两虎相争,还有杭州的西湖音乐节、上海的爵士音乐节、成都的热波音乐节等,都是潜力很大的各方诸侯。杭州的演出环境好得无处可比,且当地的媒体大力推动,城市有钱,文艺青年海量。我参加过第一届西湖音乐节,吹着西湖上的风,唱《南屏晚钟》,很天人合一的。上海一直很洋派,爵士乐受众群体广阔,爵士音乐节应该有越来越牢固的市场,而且上海是最讲商业规则的城市,看演出的消费能力最大,足可以养活一个长寿的好音乐节。成都有它相对独立的巴蜀文化,有地方自豪感,当地人也呼唤属于自己本土的狂欢。还有十三月唱片公司的"民谣在路上",这是个流动的音乐节。它胜在有自己不变的理念,有榕树下的资助,2010年大篷车一样地南北流窜,演了十多场,很吉卜赛、很浪漫。他们瞄准音乐厅、剧院,在谋求更强大的中产阶级市场。

以上这些音乐节是摩登、迷笛之外的另一方天地。一方水土养一方的音乐节。它们都有自己鲜明的个性,它们的壮大,使音乐人能有更多的选择,也使得观众不用总是朝圣一样千里迢迢地跑到北京看演出。

度过了2010年井喷式音乐节盛世，在很长一段时间内，音乐节、音乐人、消费者将要共同成长，任何环节有所缺漏，都狂欢不起来。观众买票，要求演出阵容强大；主办方没钱，难为无米之炊；音乐人争取舞台机会，又不能开价太低。三角恋爱啊，大家相互扶持吧，我们需要赚钱过日子，也需要偶尔地忘我一回。愿唱歌的人、买票的人、赚钱或者赔钱的人，都能在音乐中得到快乐。

曾经很蓝调

在中国，十个搞摇滚的，九个是弹吉他的；十个弹吉他的，有九个曾经迷信过布鲁斯音乐。有一段时期，我们理解的即兴音乐，就是坐在那儿弹一些掺杂着降咪、降西的音阶套路，仰着头，闭着眼做陶醉状。

记得在圆明园，有一回，我跟几个吉他手一起"布鲁斯"。一曲弹罢，座中一小姑娘夸奖我们："你们这段布鲁斯真精彩，能不能再来段蓝调？"弄得几个吉他手当场就傻掉。其实真正的布鲁斯时代早已远去，就像诗歌属于唐朝，而词属于宋。在20世纪20年代的美国，有一位盲人布鲁斯音乐家莱蒙·杰弗逊，他每天晚上去芝加哥的小酒吧表演，挣来的钱就拿去喝酒，还喜欢朋友们开车带他满芝加哥地兜风。有一次他喝多了，风雪中回家，迷了路，冻死在街头，手和吉他粘连在一起，无法分开。布鲁斯属于又穷又颓的人，一个好心的人，一个善良的人，在一个寒冷的夜晚独自哭了，这就是布鲁斯。在中国的老上海，也曾经有布鲁斯的土壤。你听现在的老黑胶唱片，白光的歌，"我等着你回来，我等着你回来"，那种又妖艳又哀婉的老女人。白光虽然很少原创，但她唱出了真正布鲁斯的感觉。

到了我们这个时代，布鲁斯只是一种模仿秀而已。我们也颓废，但没有供普通人低成本喝醉的小酒馆、小酒吧。我在汉堡去的酒吧，里面还有很多大爷大妈，消费很低，可像我们这些唱酒吧的人，工作之外，也根本不会去那儿娱乐。

但中国太大了，也有例外。比方说，在民谣界圈内排行榜上，大哥级的人物赵已然，又称赵老大，堪称当代最蓝调的人。他保留着20世纪80年代浪漫颓废的传统，而且至今很穷。他在舞台上叼着一根烟，拿着一瓶酒，唱邓丽君，唱《再回首》，感觉就是一个男白光重新回来。赵老大的《站台》，那是真正贾樟柯的"站台"。他的口头语就是"我老啦，唱不动了"，但他会以自己的全部身心向一个高音冲锋，就差一点儿，然后雪崩一样颓下去。

真正的蓝调是一种自我燃烧、自我摧毁。就像浪漫主义者本身，也是自掘陷阱者，所以布鲁斯不在三里屯，也不在衡山路。它需要贫穷、浪漫、才气，以及小小的自暴自弃，一个破罐子摔出来的声音。埃里克·克莱普顿无论怎么著名，在音乐上也无法超越那个冻死在芝加哥街头的、黑暗的盲人音乐家。

江南梅雨愁煞人

前一阵，住绍兴，日日大晴天，问当地人："江南梅雨季节哪去了？"答曰："今年乱了，取消了。"心中暗自庆幸。

但要来的总会来，端午节后，雨开始了，不舍昼夜。楼下的东西长出了绿毛，摸哪儿都湿乎乎的。上网看，到处都是有关雨还有洪水的新闻，虚拟世界、现实世界一片泽国，只能在楼上的房间里狗熊一样地兜圈子，南窗邻河，雨声噼噼啪啪，北窗对面是铁皮屋顶，雨落叮叮咚咚。醒时下，梦里下，下得人要得抑郁症了。

这时候，专家忙着出来解释了：全球某变态的气候在捣鬼。其实，谁也没说这场雨有什么意图，专家怕人们瞎想。绍兴有大禹陵，我曾去拜访，庄严朴素。本地人都亲切地称他为"大禹菩萨"。大禹的爸爸鲧，治水是以围堵为主，结果治水失败被杀。而大禹更重视疏导，不是堵塞，让人说话，让水流动，且三过家门不入，不是怕老婆，是真的以天下苍生为己任。

生活还是要继续，冒着雨，去杭州听西湖音乐节。现场草地泥泞，走上去，一摇一晃的，仿佛红军过草地。别管英国还是美国大牌乐队，演出时，老天不买账，一样大雨倾盆。一个陌生的姑娘打了一把伞，罩在我头上，彼此不说什么，只是静静地看演出。

等胡德夫老师上台，雨一下就停了，胡老师唱《美丽的稻穗》，台下都是最文艺、最和平的都市男女。他们盼着雨停下来，音乐响起来，大家聚在一起是因为欢乐，享受西湖的夜色、好空气。

但愿更大范围的中国，也能如这西湖旁的音乐舞台，人们只为美聚集在一起。然后，还可以各自回家，做属于个人的自私的桃色美梦。

上海滩唱上海歌

十三月唱片和榕树下的"民谣在路上"巡演到了上海金桥站。2011年6月17日，先举行了一场"民谣高峰论坛"，一个长方形的会议桌，几十人围坐，包括各地方台的音乐 DJ、著名乐评人，Live House（音乐展演空间）经理等。民谣歌手，只有我一人出席。乐评人郝舫语出惊人："每天早上上微博，看到无耻的事情，多得无耻。'民谣在路上'是一块文化的遮羞布，缝缝补补，遮遮挡挡，才让人觉得在这个时代活下去有点意思。"十三月唱片的老板卢中强痛说家史，想当初，在北京一个风雪怒吼的夜晚，他和榕树下的张恩超、王小山喝了一夜的大酒，结果讨论出了"民谣在路上"，双方一拍即合，乐队就浩浩荡荡地上路了。

第二天演出时，上海大雨滂沱。主办方给歌迷准备了许多雨衣，成了"雨衣音乐节"。但周治平上场时，气氛仍然热烈。

第三天，老天赏脸，雨停了，现场有好几千人。舞台上是清一色的本土民谣。我北京的朋友刘东明上场，他因女友入赘上海。我曾戏言，上海搞了一个"民谣引进工程"，例如张玮玮、郭龙，都是因为女友准备移居上海，美人计呀，挖北京的墙脚。刘东明后面是蒙古铁骑杭盖，呼麦加长调，热火朝天，小小的现场，人们开始见缝插针地跑火车。

等我上台时，我特别挑选了一首陈歌辛的《永远的微笑》，他是老上海最著名的音乐家。在今天的上海，唱这首歌，是纪念也是招魂，招老上海音乐的魂。最后我翻唱了顶楼的马戏团的《你上海了我，还一笑而过》，一首很本土很自豪的上海滩瘪三土谣。后面我还续上了自己的两段："我们这些乡下人，来到上海唱歌赚钱……上海的姑娘可不敢找，女人当家做主人，男人一瓶啤酒就一醉方休。"台下的人们高兴得不得了。

　　晚上照例是庆功宴。酒鬼开始现原形，直到有人喝多了，开始不断地摔杯子，我们才逃回住处。

　　回北京的飞机上在放映一段天文科普节目，离地球不远的很多恒星都有可能随时爆炸，只需三秒，地球上的生命就全消失了。也许明天，也许一万年。科学家最后安慰我们说，好消息是：我们无法预测，所以也无须惊恐。大难临头，瞬间即灭。大家下了飞机，都不断唏嘘，说看完这个节目，感觉人生观都变了。有人说，还买啥房子！有人说，赶快回家，今天晚上吃点好的。

民谣救护车

"民谣救护车"不是哎哟哎哟地开来的,而是弹着琴,唱着歌来的。佟妍,一个典型的北漂族,文艺女青年,热爱民谣。我在2006年每场演出只有两三个观众的时候,其中一个就有她。女友初见佟妍,后者在小书店里当售货员,女友买了一本勃洛克的诗集,佟妍心疼地说:"就剩这一本了。"几乎不想卖给她。

2008年,佟妍成立一个民谣小厂牌,叫刀马旦,因为她喜欢听评书，喜欢杨家将里横刀跃马的女英雄。这一年7月，她办了三场名为"绕梁三日"的民谣系列演出。我和小河第一场，整个愚公移山酒吧爆满，地上坐满了人。演出很成功，那也是我那几年演得最好的一次现场。后来她看北京的民谣已经日趋火热，就去了南方，因为那里的乐队演出还很艰难。她签约了来自广东海丰的五条人乐队，他们唱的都是连广东人都听不懂的海丰话，但土生土长，是真正的方言好音乐。佟妍投了一大笔钱（对她来说），为他们制作了一张精美的唱片《县城记》。该唱片一举夺得南方周末年度音乐大奖、华语音乐传媒大奖等七个奖项。

2010年冬天，佟妍突然得了白血病。所谓自由人，一旦得了病，就彻底地不自由了。几十万的医疗费，一下子全家濒于破产的边缘。好在佟妍拥有一大批唱歌的朋友，于是，一辆辆"民谣救护车"从各个城市开动起来。2010年12月，北京愚公移山现场，所有民谣歌手倾巢出动，不少人特地从外地赶来，老狼也冲到了台上。当场门票加上捐款共七万多元。

紧接着，上海、广州、厦门、成都、南京……车轮滚滚。共计募捐了三十多万元，使佟妍能够顺利地进行骨髓移植。但最近，化疗引起了并发症——糖尿病。大家对大型的义演都相对疲劳，我们化整为零，搞一些小的专场，叫"民谣自行车"，像五条人在深圳，顶楼的马戏团和刘东明在上海，我和张玮玮在北京……

我们这些歌手做公益慈善，更多是出于江湖义气。基本原则就是我们白演出，甚至演完的庆功宴也要 AA 制，把能拿到的钱都交给需要帮助的人。古人说，"勿以恶小而为之，勿以善小而不为"，我想这是对每个人最好的忠告。

牛羊下山，亡羊补牢

我参加了广州华语金曲颁奖晚会，凭借唱片《牛羊下山》荣幸地获得了最佳民谣艺人奖。晚会在华丽的中山纪念堂举行。艺人休息的后台，是个地下室。长长的曲折的走廊，两旁是一个个小化妆间。化妆间的门上，写着里面艺人的名字。我和另外的歌手，名字都被写在走廊旁的墙上，有几把椅子和一张桌子。我问："为什么没有独立的休息室？"工作人员声称房间不够了。"那我们为啥就要在走廊里候场呢？"答曰："别人都有公司。"突然我想起，上海的顶楼的马戏团也来领奖了，我和他们很熟，干脆去他们房间休息吧。等工作人员带我们过去一看，心理就平衡了，在走廊的另一个拐角，墙上写着：顶楼的马戏团贵宾休息室。级别跟我差不多。

然后开始领盒饭了，由于中山纪念堂庄严肃穆，所以不能在室内就餐，大门口小广场上，发盒饭，就地进餐。我感觉很亲切，大明星、小明星蹲在广场上，捧着盒饭，狼吞虎咽，歌迷三个一堆儿两个一伙儿地围在周围，高兴了还可以夹上一筷子，其乐融融。但实际上，这个场面并未出现。2005年，我第一次参加颁奖晚会，也有个有关盒饭的记忆。在北京奥体，发了盒饭，还没来得及吃，要走红地毯了，盒饭扔下，又怕回来找不到，索性把它当奖杯抱着，走过红地毯。到了台上，群星璀璨，有孙燕姿、周杰伦，我悄悄地把盒饭藏到凳子下面，等晚会结束，把这个能吃的"奖杯"一直带回香山。一个草根歌手的真实嘴脸暴露无遗：就关心吃和住。

到真正上台演出了，我的运气很坏，舞台上的监听音箱没有声音，我只能通过巨大的剧场的回音来判断自己唱的是什么。演完心里堵得慌，好像跟一个会吸星大法的敌人打了一仗，感觉不到音乐的快乐，只有疲倦和郁结。在我们业内有这样的理论，不好的演出感觉自己被扣了几分。好在第二天还有一场，是华语金曲为了纪念一百年的音乐历程，在 TU 凸空间举办的我和野火乐集的陈永龙、陈世川的音乐会。到时候亡羊补牢吧，争取把这扣掉的几分加回来。

第二天晚上，广州 TU 凸空间，早早就有人在酒吧外排队，来自野火乐集的陈永龙，穿着一身闪闪发亮的酷似迈克尔·杰克逊的服装闪亮登场。他先唱了民歌《山》，声音像风中的丝绸，舒卷自如，流光溢彩。紧接着，他翻唱了李泰祥的经典曲目《答案》《告别》，台下的观众静悄悄地聆听，仿佛身处的不是酒吧，而是一个秩序井然的音乐厅。稍后，是野火乐集的另一个歌手陈世川上场，他长得据说很像猫王，风格更摇滚些，大开大合，调动台下的观众和他一起唱闽南语民谣。最后是我黑暗登场。

我们演出的主题是"时间与山"。我说他们拥有那么多林木如画的好山，而我们拥有漫长曲折的时间。所以他们唱山歌，而我翻唱一百年的时代金曲，从《教我如何不想她》开始，经历《松花江上》《永远的微笑》，一直唱到《凯旋在子夜》《恋恋风尘》《不会说话的爱情》，最后回到百年前,以李叔同的《送别》落幕,一百分钟,横渡百年波涛汹涌的大历史,以歌为舟,用琴作桨。

演出很成功,现场的观众自始至终安静地聆听,我们一起爬上了山顶,穿越漫长的时间。热烈的掌声成为跋涉者的终点。

我们就要唱方言

每个人都要说普通话吗？如果答案是肯定的，戏曲就无处容身了，民谣会无家可归。不知何时，中国音乐人自觉地转身，不再满口外语单词，死盯着披头士、平克·弗洛伊德。20世纪90年代末，广东粤北人杨一骑着二八自行车去陕北，唱起信天游，一口西北腔，土得掉渣。江苏怪杰左小祖咒，自己索性发明了一种荒腔走板的方言，仿佛南方小城弄堂里的叫卖声，摇摇摆摆，咣咣当当，正大光明地拒绝普通话。

方言里埋藏着祖先留给我们的宝贝，家传绝招，锦囊妙计，取之不竭。新世纪初，横空出世的甘肃野孩子乐队，一路唱着《黄河谣》《早知道》，进了北京城，兰州话随之在地下摇滚圈尊贵起来，乐手们打招呼都改成："好着呢？去哪哈？"

唱摇滚都要用嗷嗷叫的北方话吗？来自上海的顶楼的马戏团乐队，唱地道的上海话，化娘娘腔为大朋克。他们宣称：我是一个上海人，死也要死在美丽的上海。

广东海丰五条人乐队，一水儿海丰话，发行《县城记》，音乐优美，诙谐，暴躁，好像在提醒：你可千万别惹我。

贵州的民谣新星尧十三把柳永的《雨霖铃》翻译成了贵州织金土话，简直不亚于原文的经典翻译，让你恍惚间感觉柳永就是一个吃酸汤鱼的贵州老表。"念去去，千里烟波，暮霭沉沉楚天阔。多情自古伤离别，更那堪，冷落清秋节！今宵酒醒何处？杨柳岸，晓风残月。"贵州版：

我要说走嘞，之千里嘞烟雾波浪嘞／啊黑拔拔的天，好大哦……拉们讲，是之样子嘞，离别是最难在嘞／更求不要讲，现在是秋天嘞／我一哈酒醒来，我在哪点／杨柳嘞岸边，风吹一个小月亮嘞……

方言准确有力，说着过瘾，尤其是骂人的时候。要过春节了，回到老家对着爸妈用普通话字正腔圆地说"父母春节好"，别人就会惊诧并笑话你。

我们的父辈和我们的祖先住在我们的方言里，无论天涯海角，只要我一开口，你就知道我从哪儿来。虽然脚下没有属于我们的土地，但在方言里，我们和祖先可以入土为安。

风吹雷劈音乐节

1

四月下旬的江南,忽晴忽雨,天气无常。2011年4月23日,周庄民谣诗歌节开唱。周庄号称"中国第一水乡",新修了一条台湾街,路边有一个大玩具一样的集美火车站,还有一个台湾电影院,里面正循环放映《海角七号》,一排排座位空无一人,让我们望而却步。我们入住的酒店就在台湾街旁,里面回廊纵横,静谧又幽深。

走上二楼,要穿过两边绘着仿古壁画的长廊。走廊的深处,回响着我们的脚步声,让人想起了电影《闪灵》。最后拐了十八个弯,才到房间。

经过一番迷宫般的探索,我们找到了同来参演的实验艺术家——小河的住处,约他一起吃饭。大家见面,都一脸愁容,到底愁从何处来?忽然觉悟到,是这个大酒店卡夫卡一样的气氛感染了我们。在席间,小河说,自己刚做完手术,腰疼得受不了。2010年,他从两米高的舞台上,怀抱吉他一跃而下,双脚骨折,躺了几个月,今年腰椎间盘突出症又发作了。大家不再聊音乐、效果器,而是兴致勃勃地说上了养生、中医、打坐参禅。这时,一只拖着断腿的流浪猫卧在饭店门口,小河见之动容,夹了一块鸡肉,招呼它来吃,还很伤感地觉得所有的生命伤筋动骨都不好过。为了改变下气氛,小河讲,他在来的飞机上,听到头等舱有人叫他,一看,原来是参加演出的老狼,他刚想过去攀谈一番,用小河原话:空姐一个眼神,制止了他,瞬间把他打入了经济舱。

第一天演出结束,诗人和歌手们齐聚一堂,要进行一次民谣与诗歌的对谈。大多数诗人十几年前我们都打过交道,他们是那时风起云涌的"下半身诗歌运动"的主将们，如伊沙、沈浩波、巫昂等。我记得1999年在北师大的一次诗会上，我还上台挑衅过他们的诗歌理论，但是这次谈得非常融洽，没有吵架。巫昂还拿出了她的一首诗，要求我和小河现场谱曲并演唱。我就把它唱成了一个铿锵有力的版本，小河唱了一个软绵绵的山地迷幻版。

我演出那天，照例带了瓶酒，放在台上，边喝边唱。几曲唱罢，台下喊："老周，喝的是啥酒？"我举起瓶子，说："何以解忧？唯有杜康。八块一瓶，超市有卖。"这一唱一和，好像电视广告。

在演出现场，我们遇到了忧伤的老板——左小祖咒。前一阵他岳父的房子要被拆迁，左小挺身而出，四方呼吁，我问他结果如何，他笑说，已取得阶段性的胜利。

2

2011年4月30日，北京通州运河公园，草莓音乐节现场开唱。

虽然天气不好，但这次看演出的人比历届草莓音乐节都多得多，引用罗永浩的话，"沙尘音乐节，仍然是满坑满谷的铁托儿，搞音乐的真幸福"。

等到第三天下午，我上台演出，沙子已经沉下去了，但风一样很大。出门时忘了戴帽子，结果台上高处不胜风，满脸跑头发。我唱《九月》的时候唱道"远方的风比远方更远"，还真是，那时候我就感觉从瀚海吹来的长风，比我手中的酒更助歌兴。最后我还改编了一首歌，讲文艺青年为买苹果电脑当小偷的事儿，现场满山谷的文艺青年都如遇知音，欢欣鼓舞。

参加音乐节，对我来说不是最累的，最累的是被合影。

"周老师，我能跟你合个影吗？"

"等看完台上的演出吧。"

"就一秒钟。"

我只能无奈地再就范一次。据身边的朋友讲述，我们坐在草坪上听杭盖时，无意中一回头，身后九个年轻人一字排开，无声无息间已是毕业照的局面。

当月亮爬上天安门城楼的时候，风也静了，胡德夫和他的钢琴最后上场。这时旁边的主舞台和爱舞台已经进入最后的疯狂，鼓敲得震天响，吉他鬼哭狼嚎。胡老师有时会侧耳听听，但最终不为所动，钢琴如海水，嗓音似巨钟，营造了一个暂时的封闭的小世界。我非常喜欢他用闽南语唱的《月琴》，一扫原来普通话版的哀婉感伤，方言的顿挫、俏皮，给这首歌注入了许多新鲜血液，让这首歌更洒脱，引用朋友的评论："他就是我心目中的少林武当，力道纯正，剑走中锋。"人格魅力在歌声中展现无遗。

演出结束，马上和朋友们飞奔出公园，几万人涌向大马路，抢出租车、黑车、公共汽车。我们抢到了一辆黑面的，路上遇到一辆大公共汽车，里面挤满了歌迷，还有人大喊："老周！"

等我们逃到城里，坐上地铁，竟然还有零星的歌迷过来说："老周，咱们合个影吧。"简直是天网恢恢，在劫难逃。

3

同样是北京的郊区，2011年5月14日，我参加北京房山的花田音乐节，从机场到现场，大约车行两个小时。同去的诗人夏宇惊叹这么远的路，都可以从台北到台南了。但这还是北京。

夏宇是诗人兼著名的歌词创作者。像《我很丑可是我很温柔》《痛并快乐着》等都是她的手笔。

其实这次的民谣阵容非常齐整，老的有老狼、沈庆，新的有晓利、玮玮等。夜晚的舞台更是重头戏，夜舞台，川子先上台，演唱了四五首歌，气氛火爆。物极必反，舞台宣布，由于设备出现故障，将无限推迟演出。过了二十分钟，主舞台连灯也熄了。可怜台下很多人坐在草地上，又冷又潮，还在等着看老狼。

这时夏宇要回城，有个重要的约会。我们把她送到路口，已没有回城的班车，只好叫了一辆黑车，夏宇低声问我们："黑车很危险吗？"我们记下了那辆车的车牌号，告诉她："应该没事的。"最后拥抱了一下，她感叹："就像送一个十五岁的姑娘去约会。"

演出现场，又挨了两个小时，终于，舞台上的灯重新亮起来。但歌手的演出时间严重缩水，基本上每人只唱了两首歌。有一种说法，是主办方担心现场人太多了。确切原因我们也不知道。由此我也联想到了周庄和苏州吴江的音乐节。

音乐路上的废弃驿站

21世纪初,北京五道口有个酒吧,叫开心乐园,那时树村乐队云集,满街全是打着鼻环、留着长发、浑身金光闪闪的男女摇滚青年。经常看到电线杆上贴着纸条:寻找贝斯,寻找鼓手。开心乐园就是这些乐队唯一可以演出的酒吧。经常可以在树村的村口看到这样的告示:今晚开心乐园,摇滚周末。下面是二十多个稀奇古怪的乐队名字,门票十元。稍晚一点儿,村口的摇滚餐厅,各路"牛鬼蛇神"就携家带口地吃演出餐了，富裕的，还可以喝上几瓶，继而，浩浩荡荡地兵发五道口。

开心乐园位于一条破败的铁路旁边，好像过去是个洗浴中心，经营不善，就沦落为地下音乐的集散地。里面消费并不贵，一瓶燕京啤酒才两块钱。经常是乐队比观众还多，大家抽着烟喝着酒，在场内窜来窜去，有时激情来了，还会在场子里串成一串跑火车。演出前，要抽签决定演出顺序。上半夜演出的乐队比较幸运，每个乐队上台，都迟迟不愿下来，只要有一个人继续鼓掌，就可以当作在要求返场，所以时间会越拖越长，最后一个乐队演出时，鸡都叫了，该吃早点了。一般来说，每个乐队只能分到几十块钱，打车回树村那是不可能的，所以你会看到壮丽的路边大排档景象，像草原上生着篝火的游牧民族，连吃带聊，等天亮后的第一班公共汽车。车来了，灰烬一样疲倦的人群扛着乐器，流进树村的街道。这时房东们正在早起遛鸟，而这些唱歌的年轻人却要睡觉了。

开心乐园最终因为无法负担房租，彻底关门，这意味着更多的乐队没有上舞台的机会了。

河酒吧，"河"就是"黄河"的"河"。野孩子乐队的张佺和小索，从兰州唱到了北京，歌声就像黄河上游的水，清澈有力。他们租了一个地下室，天天早起，光着膀子练琴。节拍器嘀嘀嗒嗒，经常从早开到晚。他们很快就占领了北京的演出市场，不久在朋友的帮助下，开了河酒吧。

河酒吧坐落于三里屯南街，中国地下的即兴音乐发源于此。经常是一个人在舞台上刚唱了一首歌，就蹦上去一个鼓手，然后，萨克斯上来了，手风琴加入了，最后台上台下就弄成了一个交响乐团。除了野孩子作为镇场之宝经常演出之外，万晓利、小河、马木尔、王娟也是这里的常客。晓利和小河的第一张现场唱片就录制于此。

那时感觉做地下乐队的如果没上过河酒吧的舞台，你都不好意思见人。我记得一次春节放假，大多乐手都回老家了，一个朋友推荐我去河酒吧，打电话给河酒吧说，反正现在也没什么歌手，让周云蓬去演一演。最终还是被婉拒了。到后来，常去河酒吧的人就形成了一种家族关系，所有男人都是舅字辈的，所有姑娘都是姨字辈的，有一个不存在的孩子，成为大家共同的纽带。但这种乌托邦的音乐共产主义，无法折合成人民币交房租，很多看演出的人会在隔壁的小铺里先买上几瓶啤酒揣在身上,进酒吧一边喝一边看。由于老板本身就是歌手,大家称兄道弟,谁也不好意思较真。经常到了午夜十二点,老板小索已经喝高了,会拍着桌子大喊:"服务员,给每个人上一扎啤酒,记我账上。"等到2003年,酒吧关了门。再后来,野孩子的重要成员——小索去世了。"河"家族风流云散,各奔前程。

过了很多年,在河酒吧经常演出的人相互见了还是很亲切,仿佛是从一个村子出来混大城市的乡亲重逢。

2011年,"河音乐"作为一个小的音乐团队,重出江湖,主要成员有张佺、张玮玮、郭龙、周云蓬、吴吞、刘东明、冬子等,大家向往着重拾少年心性,毫无功利心地去做演出,好的音乐最重要,它可以让时间熠熠生辉。

《四月旧州》记

大理三月好风光,蝴蝶泉边好梳妆。按时令算,那是阳历的四月,满城满山的樱花开得又无耻又灿烂。不想总在北京活死人墓的地下室里,抽着烟红着眼,熬夜制作音乐,所以我的新唱片要在大理完成。2013 年 4 月,我跟制作人、音乐家小河找到了苍山最后一峰——云弄峰下的旧州村。

朋友提供给我们一个大院子,后有养鱼塘,前院草树摇曳。院子里面有座三层小楼，一楼睡觉，二楼喝茶，三楼就是我们的录音棚，该处有个好名字，叫"幸福起点线录音棚"。

我们不酗酒、不熬夜，每天跟小鸟一同起床，小河先诵经一小时，我在院子里伸胳臂伸腿地晨练，然后吃健康早点。九点开始工作，中午有个简短的小憩，下午两点继续工作。晚饭后去山上散步，顺便总结当日工作得失，晚上十一点前上床休息。我们像退休老干部一样地爱护身体，营造了一个绿色、环保、养生的健康录音氛围。

院子里有一名保安，负责我们的安全工作，它叫阿黄，是一只短腿赶山狗，每作出一首新歌，我们先给它听，征求一下意见。

在工作中，小河老师纠正了我很多唱歌的技术问题，例如尾音抖、音准不到位、呼吸不流畅，一首歌有时候要反复唱好几十遍才能达到他的要求，让我感到跟小河一起工作就像跟高手练剑，能耐噌噌地长。

大理的音乐同道们经常带上酒来村里探班。本着雁过拔毛的精神，每个人来了都得为新唱片留下一两根羽毛。歌曲《暗象》里有杨一疏影横斜的尺八。野孩子乐队参与了最后狂欢般的露天录音，大家坐在院子里喝酒烤羊肉，小河抱着中阮，张佺是吉他里里，张玮玮当然是忧伤的手风琴了，郭龙手鼓，杨一尺八，欢庆口弦，十八般兵器，各展其能。大家一起反复合唱我的《散场曲》："找个大排档，一杯一杯到天亮。"露天录音有风声，有鸡鸣狗吠，随意性很强，偶有人天相应的刹那，记录下来，那就是难得的宝贝。

在这个唱片业的末法时代，我们感觉到，录制唱片时抓住一闪而逝的好感觉，比事后所谓的高保真混音效果更重要。

既然唱片不好卖，既然还要录唱片，那就要在录音中得到真正的快乐，让每一次录音都成为一场闭关修炼。不是掏空心思，而是吸纳储备，像田鼠在冬天储存粮食。经过十天的工作，我们红光满面地完成了新唱片的录制。这是一个降生在大理的孩子，我们给它就地取名，叫作《四月旧州》。

《牛羊下山》发于绍兴，《四月旧州》是大理苍山下一株茂盛的植物。

有一首挽歌属于我的亲人。我爸爸于2013年8月17日去世，他是一个拥有几十年工龄的沈阳铁西区响当当的工人，车钳铣刨样样精通。他年轻时自己买图纸为家里组装过黑白电视机，为我装过落地式音响，我少年时听到的重低音版本的《流浪者》《大篷车》插曲都来自于此。很遗憾，老爸没有看过我的现场演出。北方的爸爸们是威严的，他无论心里对你多么柔软，但是脸上的那副铁面具是无论如何摘不下来的。他矜持着，还没有来得及分享我的荣誉就躺下了，几年辗转病榻，听也听不见，说也说不清。去年在遥远的云南我总梦见他，梦里的他很年轻，三十多岁，板着脸，皱着眉，筋骨强壮，让我心生畏惧。可能他在长久的弥留中还想着我，千山万水地感应过来。想起他年轻时支撑全家的开销，老妈带我四处求医看眼病，每个月收到他从沈阳寄来的汇款和全国粮票，这些好处在后来与他的对峙中都选择性地遗忘了。一朝没了老爸，这下子可掀开房盖了，满眼星月，天风透骨寒，忽然意识到：自己也要老了，跟死亡不再有隔断。新唱片里的《安魂曲》献给他，愿他能往生西方净土。

《四月旧州》的视觉设计还是我们的金牌设计师区区500元先生。他建议唱片内页文字不再采用惯常的电脑字体，而是找真人书写，不要那种书法体的漂亮字，要的是那种有人间烟火气的日常书信体。我们很幸运很偶然地找到大理巍山古镇年过八旬的李萌老先生，他平时坐在街边的店铺里代人写对联以及一些简短的家书。老先生眯着眼，一行一行地帮我们认真誊抄，花了整整两天的时间把《四月旧州》的歌词全部写完，并且还用毛笔为唱片题了字——四月旧州。这回新唱片从头到脚成了一个大理孩子了。

舞台有神

每次演出,我都要先点香拜拜舞台。拜完了,心里踏实。

有一次,忘记拜了,调音中吉他突然出了故障,并且无可替换。把我着急的,观众马上要进场了,难道要我清唱吗?猛然想起,今天没拜台,赶快焚香补救,马上传来喜讯,贝斯手小木瞬间把琴修好了。

舞台对我充满了神秘感,尽管大大小小唱几百场了,每每上台还是满怀敬畏。你在台上不是只表现自己所思所想，你是一扇门，把两个少有人走动的房间沟通起来。你这门要敞开，听者才能在音乐里豁然开朗，进入更大的房子，有的甚至长久地住下来。如你紧张，患得患失，你这门就只是个门缝，小家子气，有时还关起来，让听者撞上南墙再不回头。

舞台就是个修炼的道场，平常潜藏的弱点，到舞台上会给你当头一棒打晕你，且不知棒从何来。比方有一阵，生活中很得意，沾沾自喜，感觉一步步踩在云彩上，美啊！上台演出，就很顾及台下观众的反应，掌声有点稀薄呀，说笑话，大家没哄堂大笑呀，内心开始焦虑。你的门时开时关，吱吱嘎嘎门轴没上油。你从一个通天的神巫堕落成一个弄臣小丑。演出完了，你的心里充满了怨恨懊恼，因为你把舞台当作盘子了，把自己切好了拌上葱姜蒜，端上去，还担心众口难调，怕成了剩饭剩菜没人搭理。

我们早晚会没人搭理的。你的第一个观众以及最后一个观众，可能就是你自己。舞台应该是你成仁成仙的祭坛，用自己献祭，忘我，你才能敞开如通途，人们穿过你的心走去远方。舞台的神，实实在在的，能帮你吃上一口好饭，帮你找女朋友，帮你瞬间成名，还不值得为她点一炷香，保佑我们的歌声的翅膀，托起沉重的肉身，脱离现实的万有引力一会儿，在音乐的失重状态下，觉到审美的狂喜。

　　台上的灯光暗下来了，观众退场了，舞台的神会挽着你的胳膊，把你扶下台，送你到大排档，或者把你交还给烦闷的日常生活。

第三篇　　相遇的人

期待更美的人到来，期待更好的人到来。

——周云蓬《不会说话的爱情》

老罗的奋斗

每次在飞机场候机,我都会向电视屏幕问候一声:"老罗你好。"因为那上面正有人在讲演。可凑过去静听,讲演的人南腔北调,并非老罗。

老罗者,罗永浩是也。他很有名,但还没到烂大街的程度。当年先听说新东方学校那儿有一个口吐英语莲花的老师,但只是耳闻而已。后来在饭局上认识,他身上很有一种草莽气,但粗中有细,总能调动人们的情绪,把饭局推向一个个高潮。有一次饭局，我们一起玩游戏，每个人都出一个题目给指定的人，回答不上来就罚酒。遇到姑娘答题，老罗总是问得比较温和。而不管问谁，他的题目总能恰如其分地切中对方的爱好，让回答者特有成就感，答案只要能沾个边，他就立刻自罚喝酒。

老罗约我在牛博上开博客，后来牛博红杏出墙，我的博客就挪到了嫣牛上。2009年，我们的公益民谣合辑《红色推土机》发行，鉴于老罗在业内的良好口碑，我们特邀他作为专辑销售资金的监督人。但真正有血有肉的交往还是始于下面的故事。

老罗热爱音乐，据说有两三千张打口、正版CD。他喜欢小河，爱听小河版的《不会说话的爱情》，让人大吃一惊的是，他近来狂热喜欢曾轶可，并标榜自己为"可爱多"。话说一日，老罗听了曾轶可新唱片的小样，愤愤不平，觉得音乐作料太多，那种带有缺陷的、朴素的、打动人的东西丧失殆尽。老罗是个行动主义者，他马上调动自己能够掌控的所有资源，想为曾轶可补录一张民谣风格的新唱片。他上穷碧落下黄泉，先跟天娱高层进行沟通，得知天娱好像也有此意。老罗马上找制作人、乐手。先找小河，小河要出国。最后找到了张玮玮、郭龙和我。张、郭对曾轶可的歌还有些好感，我是中立派。大家看老罗心情急切，都答应了。可是录唱片的时间很短，只有六七天，要排练、进棚录音、缩混，几乎不太可能。但老罗是要写《我的奋斗》的人，大小也是个狂人，所以他要跨越所有的客观障碍，一举促成曾轶可的民谣唱片问世。

曾记否，饭局结束，老罗蹲在马路边，用他的笔记本电脑给我们一张张刻曾轶可的歌，像中关村卖盗版碟的。他还语重心长地跟我说："这是我十年以来最上火的一件事。"弄得我都想说两肋插刀的话了。

先是排练。大家租了一个两百块钱一小时的棚，老罗一开口就是"租他十个小时"。第一天和曾轶可磨合得还比较愉快，排了《狮子座》《你是我最好的朋友》《最天使》。接下来几天，大家在一起编曲，《狮子座》是手风琴版的，结尾处，玮玮编了一个狂欢式的合唱大 solo。老罗也放弃了他英语学校的繁忙工作，天天到排练现场问寒问暖，端茶送水，"指手画脚"。看他这么狂热，大家每天都排十几个小时，据玮玮说，他给自己做专辑都没这么上心过。

等到要进棚录音时，我们推荐了几个京城不错的录音棚，老罗挑了一个最贵的"乐佳轩"。我提醒他，钱可要省着点儿花，老罗拍胸脯说他找到了一个土财主赞助，事后得知，这个土财主就是罗永浩本人。

四百块钱一小时的录音棚，非常大，像一个小酒吧，每个乐手都有一个相对封闭的隔离间，我们做音乐这么多年也没享受过这种待遇。当天上午十点，大家到录音棚调音，进行最后的彩排。下午三点，曾轶可和她的天娱团队步入现场。当天是试录，录音师是个新手，加上曾轶可大概没吃中午饭，心情不好。于是一试音就说声音不舒服，还说混响太小，结果加了又加，最后郭龙提醒："再加就成钱柜了。"反正越唱感觉越拧巴，曾轶可对着话筒现场评价："这是我去过的最差的录音棚。"而且对录音师非常不以为意。录音师很老实，没说啥。幸亏我建议老罗，为了风格更多样，再录一个钢琴版的《勇敢一点》，还高价聘请了一个钢琴弹得很不错的小伙子现场伴奏。最后，忙活了半天，我们还没走，就听天娱的人说："我们觉得也就这个钢琴版的还不错。"

晚上，我跟老罗通电话，说玮玮、郭龙和我都觉得有点心里发堵。我们不是被雇来的乐手，不冲你老罗，我们才不蹚这个浑水。老罗一再多方斡旋，后来决定，我们再去一天,曾轶可也会去,把专辑做一个了断。

第二天,我还在老罗的车上,就听见老罗接电话,对方说今天就录钢琴的那首歌,别的歌他们就不准备录了。老罗说,大家都排练了好几天了,怎么也该试一试。对方婉拒。老罗大怒,但还没有破口大骂,当一个粉丝是很不容易的。他曾经说,听到曾轶可的新唱片,就觉得像是有人把他的亲姑娘给毁了一样,并且扬言:如果有一天,有人这么毁你们,我也会挺身而出的。可是,亲姑娘酒后驾车,把你给撞了,你说你是砸车呢,还是打你姑娘一顿呢?投鼠忌器啊。

这时候,我们就反过来劝悲伤的老罗了。即使没有主唱,我们也会去录音棚,录一个高级的卡拉OK版。因为排练好几天,编曲、配器都很不易。作为一个音乐作品,大家也想把它保留下来。下午由老板亲自调音,大家感觉特别舒服,录音一气呵成。录完后,老罗要求大家一起合个影,我说应该摆个空凳子,这是没来的主唱的位置,这样就更有趣了。

最后,按惯例,晚上大家吃了一个杀青饭。我们一起碰杯,感觉这件事没白做。在老罗的身上,我们学到了很多东西。我们要学习他那种一腔血性,虽千万人吾往矣，敢于把自己置身于荒诞中，不怕丢失中年人最宝贵的面子的良好品德。事情结束后，老罗强行给每个人付了报酬，来送钱的老罗的助理金燕说："你们要是不收，老罗就不许我回去上班。"

几个月后，天娱公司回心转意，又觉得那首钢琴版的《勇敢一点》很好，想要过去。关键的是，老罗并没有因那件事而记恨，他可以不高兴，但没有因此反过来就诋毁曾轶可，喜欢还是一样地喜欢，还买了一把Taylor（泰勒）的琴。我们建议他买Martin（马丁），他说："不，轶可用的就是Taylor。"

最后，盖棺定论，老罗，被你喜欢的人都比较有福，被你痛恨的人稍微有点倒霉。

只身打马过草原

2010年12月30日,我去南京参加民谣跨年演出。那晚,南京很冷,我没参加朋友的酒局,缩在宾馆里,早早地睡觉了。

然而,这样一个岁末的冬夜,有两个亲切的生命收拾好行囊,悄悄地掩好门上路远行了。2010年12月30日晚九点,诗人马雁在上海去世;2010年12月31日凌晨,作家史铁生在北京去世。

十七岁那年，我在收音机里听到史铁生的小说《车神》，是那种20世纪80年代典型的配乐朗读。当时我把它录下来，经常听，快能背下来了。记得其中有一句，"假如你已经死了，你还有什么可怕"，这是很有勇气的话。对于我那时的水平而言，史铁生的小说还有些先锋，可由于同为残疾人，仿佛走了后门，我能较容易地进入他预设的情境。接着，是《我与地坛》，那真是天地人浑然一体的好文。史铁生在某种角度上很像陀思妥耶夫斯基，一生都在纠结一个终极性问题，只不过他纠结的不是永生，而是残疾和死亡。再后来，他的文字越来越抽离，让我有些许高原缺氧般的眩晕。

直到前几年，读了《半生为人》，让我撞见了又一个红尘中的史铁生摇着轮椅，急匆匆地穿越北京城，看望远方来的朋友。

那时，总想能见一下真人，给他弹唱我的歌，谈谈残疾人的尊严，还有像正常人一样的恋爱，甚至做点小坏事。我期待着那种自然而然的相逢，而不是刻意地登门拜访。我还设想，我可以向他提议，我们俩的人生，交换两天，反正半斤八两谁也不吃亏，就是说，我足不出户，没日没夜地看两天世界杯或者NBA（美国职业篮球联赛），他蒙上眼睛拄着盲杖坐上绿皮火车，去西藏喝顿青稞酒。

马雁，我有幸于2009年的广州珠江诗歌会上见过。在吃饭的时候，有人提醒主办方马雁要吃清真餐。那时，热闹的核心是郑愁予，还有胡续东。马雁很沉默，你能感受到，在觥筹交错中，有个沉默的缺口。她上台读了一首诗，很突兀孤傲的文字。下来的时候，朋友上去和她攀谈，结果还是没更多的话。后来，我们经常看她的博客。有一次，朋友说马雁把书都卖了，要搬到一个小镇上去，我们还有些隐隐的担忧，总觉得有机会再见的，有机会说尽想说的话的，不会只是一面之缘。

马雁和史铁生，几乎是两个时空里的人。史铁生迎接死亡，犹如孩子穿上新衣服在节日里回家。而马雁，我总感觉她还没有终结，她死亡的关门声撞向遥远的山壁，那回声，需要很多年才能传回我们的耳中。然而，他们在同一个夜晚牵出马匹，只身打马过草原，在死亡的第一个清晨，他们也许会在小憩中偶遇吧，他们会说起他们身后的这个时代吗？

首如飞蓬

我的名字周云蓬的"蓬"是后改的。有一天,我在百度上搜索,发现沈阳有个二人转演员,叫作周云鹏,和我身份证上的名字一样。多亏改了,不然,人们会认为我在北京唱最人文的民谣,回老家就兼职唱二人转。

沈阳是个文化贫瘠的重工业城市,可那里对中国歌坛贡献可不小呢。那英、李春波、毛宁、艾敬、胡海泉,含含糊糊地再加上本人。前辈们走的多是大公司包装，上电视出名，然后走穴赚钱的路，到我们这儿，时代变了。

那条康庄大道，仿佛是北京黄昏的三环，堵得死去活来。所以，我们只能步行钻小胡同，虽然慢了点，但一路上有平易近人的好风景。我们靠互联网的传播发表新作品，像我，现在演出，还是靠豆瓣、微博的宣传，报名人数和实际到现场的人数差距也不是很大。

每当春暖花开的季节，我们这些新民谣歌手就上路巡演了，当然是先南方后北方，要懂得天时地利嘛。赚钱了，就再过个年，没赚钱，就当免费旅行了。要是赔钱了，就索性当流浪了。最后这条，还能为泡妞提供一些谈资。

是否一首歌就要锦衣玉食地养活人一辈子？或者一张唱片不赚一百万就算赔钱？要是觉得人生还不够苦恼，那尽管这样设想吧。能弹琴唱歌，是上天对我最大的犒赏，脚能带你去很远的地方，歌声能承载你飞到云朵上。写一首好歌，那是为自己制造了一架私人航天飞机。

我将要在《南方都市报》新开个专栏，"首如飞蓬"，头发好像螺旋桨，梦想跑着跑着就能飞起来。我把从路上捡起的文字叮叮当当地扔进专栏储钱罐，这些思想文字的分币,将来也许能买点什么。

南方都市报一直是个先进媒体,我的好多朋友在此进进出出。期待我的文字配得上它的大名,对得起被砍伐的树木,对得起曾经纯洁的白纸。

大海在对我们说什么

2011年3月11日,我在绍兴。恰逢朋友刘东明来演出,和以往略有不同,这次现场,无论是唱歌的,还是听歌的,都有点蔫儿。那时刻,日本正在山呼海啸,虽然隔得远,但灾难的气息还是能隐隐地飘过来,仿佛山那边下起了雨,你在这边也能嗅到空气里的潮湿味。

这世界怎么越来越像《2012》了?美国加利福尼亚铺满沙滩的死鱼、新西兰地震、日本海啸,地球好像对人类有了更多的敌意。繁衍众多的人类，在灾难面前，还是显得形单影只。就像陌生人突然在深夜敲我们的窗户，本来大家在房间里正钩心斗角着呢，这不速之客让我们后背发凉。暂时地，人类互相靠近了点，黑暗中的陌生人，让我们不得不心生惧意。

在日本国内，海啸后，很多反核组织出来抗议政府盲目发展核电站。他们呼吁媒体，不要为了抓新闻而向受难者的伤口上撒盐。

日本的很多公共场所和每个家庭都有急救包，包里有带橡胶指垫的棉手套、应急食品、清水、蜡烛、火柴、保温雨衣、可以扯成绳子的强力尼龙包，比较高级的还有收音机、哨子、药品、存折、保温毯、手机和充电器、不需要火和电只要有水就可以加热的速食食品等。

总之，大海站起来了，它在向人类说话，当初它小声地说过，我们不在乎，现在它站起来了，它说的不只是日语，也有英语，当然也少不了汉语。

没有谁能像一座孤岛，
在大海里独踞；
每个人都像一块小小的泥土，

连接成整个陆地。

如果有一块泥土被海水冲去，

欧洲就会失去一角，

这如同一座山岬，

也如同你的朋友和你自己。

无论谁死了，

都是自己的一部分在死去。

因为我包含在人类这个概念里，

因此我从不问丧钟为谁而鸣。

它为我，也为你。

——［英］约翰·邓恩《没有人是一座孤岛》

鲍勃·迪伦们

2011年,鲍勃·迪伦真来了。喊了多少年了,盼着他老人家保重身体,硬硬朗朗的,能在有生之年来中国一次,没想到,在这个兔年的春天,终于守候到了这只民谣老白兔。

在中国,鲍勃·迪伦的符号意义远远大于他的音乐的传播。其实,他的歌,我能记住旋律的,不超过五首。他被他的传奇裹挟着顺流而下,尽管几十年前他就拒绝当时代的代言人,可是,只要人群需要,你怎么想微不足道。所以,当我们谈论迪伦的时候,可以从没有听过他的任何歌曲,好比我们绘声绘色地讲外星人的故事。这个民谣外星人坐在自己半个世纪的光环里眺望汹涌的人群,一定很孤独。其实他是电影《教父》里的老头子柯里昂,他的坏有几分浪漫,他的反叛掺杂着温情和絮絮叨叨。他衰老地坐在果园里,不如后来者那么狠,那么酷。人类也进化得比先辈们更实用,更邪恶。

每个民族都呼唤着自己的迪伦,用亲切的母语歌唱人们对自由平等有尊严的生活的渴望。

哪里有贫困、不公、屈辱,哪里就会生长出悲伤或者倔强的民谣。俄罗斯有弗拉基米尔·维索茨基,法国有伊迪丝·琵雅芙,智利有"歌魂"比奥莱塔·帕拉。

中国最不缺这样的土壤了,崔健和罗大佑在时代大转弯的涡流里化而为鸟,一飞冲天,崔健的《一无所有》、罗大佑的《亚细亚的孤儿》,承载了大规模的集体潜意识,就像令狐冲体内的陌生气流,除非一吐为快,否则当事者会自我引爆。老崔或者罗大佑也在试图做别的尝试,不愿意总被群体意愿附体。这是所有鲍勃·迪伦们的共同困惑,关键是谁也无法指认哪里才是自我的边界,并且,他们心很软,不会先锋到把时代远远地甩开。比起迪伦,他们只差那么一层火候,最后的登顶,不靠才华、运气和身体,靠的是上天赐予的那一点挫败、颓丧和静默,犹如郭靖在华山论剑前开始短暂地怀疑人生。

大时空中的小人性

阅读刘慈欣先生的科幻小说《三体》，犹如当初看金庸，上瘾。这是我读到的最好的中国科幻小说。写童话的人，如果自己都不相信那是真的，就写不好。我感觉，刘慈欣相信自己的理论，相信那不是单纯的幻想，而是科学的预言。微观上，从质子说到宇宙坍塌，时间上，更是跨越了两千万年。

阅读中，因为要吃饭、睡觉，必须从书里出来，于是现实显得太憋闷，好像被关进了一个封闭的盒子里。赶快回到小说中，顿觉天地高远，时间浩荡，心胸为之畅快。

小说中的人物，通过冬眠进行时间旅行，每到人类的关键时刻，苏醒，做点挽救或者破坏的事情，然后再睡，一直到时间尽头。

空间上，作者想象了多维空间的可能，最后的毁灭，一个缺德的外星人朝太阳系扔了一个二维的小纸条，整个三维的太阳系像高处的水遇到了引力，奔泻向二维，整个人类太阳系"八大行星"躺倒成一幅画，应验了北岛的诗句："人民在古老的壁画里，默默地永生，默默地死去。"

除了这种坐过山车一样的心理快感，小说也提出了一些严肃的问题，比如，外来生命对我们是否有害，人类善恶的尺度适用于其他文明吗？前一阵，科学家霍金也警告人类，不要总是天真地呼唤外星人，别引狼入室。这跟作者的思路不谋而合。

另外，小说启示我们地球该建立一个应对人类危机的权威组织，不是街道大妈似的联合国。比方这次日本的大海啸，需要各国协同做出更宏观的反应，不然的话，覆巢之下将无完卵。

相比小说时空想象的丰富宏大，里面的人物略显平面化，其中的罗辑博士沉迷于醇酒美人，放荡不羁且玩世不恭，关键时刻，浪子化身为英雄，力挽狂澜，怎么看都很像大侠令狐冲。

小说描写的理想女子，大多是那种长发飘飘的文静淑女，一个典型的理科生的梦中情人。有些情节也似曾相识，比如地球人和三体人的恩怨纠葛就很像中国和日本的某段历史。不管整个宇宙科技发展到如何神奇的境界，可一撕破脸打起来，还是那个许文强的上海滩。

康德说，人有两种敬畏：一个是头顶无限的星空，另一个是内心崇高的道德法则。小说家对前者的探索已经神游银河系了；而对于后者，可能还没出国境线。

诗人的节日

每年的 3 月 26 日,是诗人海子的忌日。这时各地的诗人总会举行一些诗歌诵读会。如今像海子这样一生践行浪漫主义的诗人已经绝迹了,就像身躯庞大的恐龙,无法继续存活。浪漫一辈子是很奢侈的事情,需要整个中东的油田提供燃料,供你燃烧。最后,燃烧自己的身体,凤凰涅槃。浪漫主义者都是些复古的人,永远地停留在童年和空气新鲜的古代。就如海子的诗句,在里面很难找到日常的词汇，他是那种缺少人间烟火气的天才。

一些诗歌评论家愿意把海子的死亡升华到形而上的高度，定格成一个象征符号。但我更相信西川先生的话，他曾经讲述海子的妈妈伤心地用乡音为她的儿子唱挽歌。他是那个普通妈妈的孩子，请不要过早地把他的死升到旗杆上。有一阵，人们很热衷于谈论诗人的自杀，对于诗歌本身，倒并不在乎。其实，每年也有很多普通人自杀，但我们无法把诗人看成普通人。当初"梨花体"风行天下的时候，大家非议这种诗歌谁都能写。是啊，谁说过诗歌普通人不许写呢？诗性如佛性，存在于每个人的心里。

诗人的死可以成为节日。屈原投江，就给了我们一个端午节。吃粽子碰鸡蛋，拴红绳插艾草。美好的一天，淡化了屈原的悲壮，人们更愿意相信，他是一条鱼，快活地回到了水里。在多年之后，3月26日，也将风化成一个节日吧，或许还会有法定的假期。就像曾经喷发的火山冷却后成了供女人孩子们洗浴的温泉。

而2011年，我们会在这一天，唱歌诵诗，为云南还有日本的地震募捐。北京的主会场，有小河、万晓利、张佺、张玮玮、王娟、刘东明等民谣大腕；我在绍兴设个小小的分会场。我们将用诗和歌换取些粮食、药品，送到困难人的手中。

所以，诗歌是有用的，看得见闻得到，踏踏实实地揣在心里，一摸，让你放心，硬硬的还在。

诗歌的声音

诗是有声音的,甚至有口音,正如我靠听觉认出说话人是谁一样,能在诗歌里贯穿一种特有的语气或者语感,那一定是一个找到了自己风格的好诗人。

21世纪开始,诗与歌这对失散已久的结发夫妻有久别重逢的征兆。各种诗歌活动上,民谣歌手纷纷亮相,在诗人读诗的间隙,歌手们登台抱着吉他唱唱诗,活跃了气氛,且顺手给诗插上了歌声的翅膀。民谣歌手万晓利唱顾城的诗《墓床》,迟缓幽深,如人入山林脊背发凉,他唱出了顾城诗歌深处的宿命恐惧。诗人廖亦武写的《苍山问》,由歌手欢庆唱出:"一个鬼搂着一个鬼,一个人爱上一个人,苍山问,这是为什么?苍山问,这是为什么……"此歌传承了中国古代悲歌的传统,歌里有苍山风雨声作为音乐背景,单一的人声洞箫声天上地下地呼应,长歌当哭远望当归。

诗人海子的《九月》,由张慧生谱曲,通过笔者传唱开来。《九月》的形成全靠口口相传,有点像民歌从土地里长出来。1995年住在圆明园的时候,我认识了张慧生,他是圆明园的孟尝君,家里整天流水宴,酒兴浓时,就开始弹吉他唱歌。他家的狗叫大佑,他最爱唱的是罗大佑的《亚细亚的孤儿》和《未来的主人翁》。当然,他每次必唱的还有海子的诗歌《九月》。后来圆明园画家村灰飞烟灭了,2002年又传来慧生自杀的噩耗,宴席已散,慧生渐渐被忘记,很少人还记得《九月》这首歌。在回想夜夜笙歌的圆明园的时候,回想张慧生和他的狗的时候,我把这首歌重新拾起,好在当初没有精确的录音,容我可以将此歌边回忆边加工再创造:我为《九月》加了一个明亮、渐行渐远的吉他前奏,除主歌副歌外,添上了一个光线暗淡的小阁楼——"远方只有在死亡中凝聚野花一片……"小阁楼里面装着两个作者的死亡，以及那个废墟般的圆明园村。另，原唱是"一个叫马头，一个叫马尾"，但我在20世纪90年代某本海子诗选中看到的是"一个叫木头，一个叫马尾"，觉得这样顺口，索性就"一个叫木头，一个叫马尾"地唱下去了。

千古姻缘一线牵，有几对好诗好歌邂逅团圆在我们这个不太好的时代，也算是不幸中的万幸了。

同样，一颗强大的诗心也常会滋养出一副特别的嗓音。诗人西川念诗时一口纯正的北京普通话，声音如黄钟大吕，铿铿锵锵的，一听就是少林武当名门大派的排场。圆明园诗人黑大春，嗓子像未经打磨的黑金，沙沙的，地火汹涌，他经常会讲20世纪80年代浪诗的故事，诗人们聚在一起，喝酒打架追姑娘，追姑娘倚仗的本事就是浪诗。黑大春还组织了一个"唱诗班乐队"，整个摇滚乐配置，他把诗《天黑黑》改成了节奏强烈的rap（说唱）。在北大教书的诗人胡续冬说话声音阴阳怪气，像个街边小痞子，没个老师样儿，他的诗自由不羁，经常会用四川话把诗读成相声或小品，引来阵阵哄笑。"下半身"诗人沈浩波嗓门大，气冲斗牛，他念诗又挑逗又战斗，某次诗歌节诗人们台上浪诗，台下领导庆生会，划拳行令大声喧哗，交涉无果，别的诗人都悻悻退场了，只有沈浩波在台上，那哪是念诗啊，分明是跳着脚训人，走出很远还听见他大声吼叫：你们这些人渣！

女诗人宇向的诗歌飘忽灵动，她读诗的声音特别性感，她站在台上读诗："阳光照在需要它的地方……"声音宛如一片湖水一波一波地悄悄扩散开。成都诗人翟永明是20世纪80年代男诗人心目中的女神，翟老师读诗声音不高，平平淡淡，就像读给自己听一样，她的身体里生长着整个的成都，当年那个安逸慵懒美好的成都在她的声音里继续美好着。2012年我有幸与翟永明老师合作了一场诗歌音乐会，我还邀请了古琴巫娜、鼓手文烽加盟演出，当她念"在古代，我只能这样／给你写信……"古琴声悠悠而起，恍惚时间倒流千载。诗人夏宇，说话如火如荼，她曾经为了治愈失恋，从法国徒步走到西班牙，未愈，后听了我唱的《不会说话的爱情》，结果好了！所以我们一见如故，喝着威士忌，兴之所至我们弹琴唱歌，她是一首一首念自己的诗，临了还要将我们的影子打包风干，等老了，下酒。

老诗人郑愁予读诗带着悠长又悠长的民国腔，像我小时候听到的老的外国译制片的配音。每次见面,他总会神奇地从包里掏出一瓶又一瓶飞机托运来的金门高粱酒,都是不低于56度的烈火液体。他八十多岁了,高粱酒一口一杯,旁边作陪的儿孙辈的诗人们,端着红酒、啤酒,以茶代酒,战战兢兢只有仰视的份儿,让我不禁感叹,先不论诗写得如何,诗人的身子板儿可真是一辈不如一辈了。三杯下肚,老诗人才开始吟诵他的《错误》:"……我达达的马蹄是美丽的错误／我不是归人,是个过客。"郑愁予先生是真的在吟诗,很有仪式感,有酒祭奠,蜡烛照亮时代远去的背影。

其实我也很想听海子当年在小酒馆里是怎么念诗换酒,顾城又是怎样读诗的,或者穆旦晚年一生繁华褪尽,重新回到抒情诗的起点,他念着:"这才知道我的全部努力/不过完成了普通的生活。"可叹那时,诗的空气稀薄,诗的声音只能在窒息者的心里隆隆作响。

星星与命运

近来聚会,常有人问起:"老周是什么星座?"答曰:"射手座。"大家就"哦"的一声,会心地笑起来,仿佛集体参透了命运的秘密。

星星何辜?它们在太空受极冷极热的折磨,还要为人类的衣食住行负责。

网上有几个星座大师的豆瓣小组,有朦胧诗派的,语言充满了明喻、暗喻和象征,其飘忽复杂程度几乎等同于人的命运密码。还有现身说法的，我是什么星座的，二十九岁那年，也遭遇过同样的事情云云。还有说好不说坏的，过去两年如何，现在以后都好了。这些大多是语词游戏，你在语言迷宫里苦苦求索，找到出口，还以为是命运的出口。

可要是说星星跟人真的一点关系都没有，我也不信。它们催发太阳发光的动力，也催发了我们的生命，波德莱尔说，"大自然就是个象征的森林，人从性别模糊的孩提时代到男女有别的壮年及至分不清性别的老年，正是行星公转的椭圆轨道。"有智慧者，可透过万物看到人生之真谛。古希腊人看鸟飞的轨迹，古中国人看烧裂的龟甲，吉卜赛人看杯底的咖啡渣，但与其观察外物推测人生，不如直接正视自己的内心，反正难度差不多。

我相信，人有命运，只要生活在地球上，地球自身的万有引力就是我们的命运。然而，人能通过努力改变它，集中人力物力，研制飞船上天，克服重力，飞向太空，这是对地球命运的超越。你不喜欢你的命运就努力造飞船，脱离脚下的重力，就是奔向另外生活的开始。这道理虽然不神秘，但亲切有效，就如与你相依为命的爱人，日久见心。

《了凡四训》里讲了一个人，他一辈子的命都被人算准了，好无聊啊，且一一得到验证，后来他受高人点化，发了疯似的做好事，结果命运转向了。本来故事是宣传善有善报的，我更愿意理解是集中能量，做人生的突围。就算相信善恶有报，也是对自己信誉负责到底的好态度。这是一切法律和社会契约的心理基础，强如现在的"我死之后，哪管洪水滔天"，结果，生者和死者都漂在洪水里了。

平凡的奇迹

《聊斋志异》中写一个和尚能闻出文章的好坏，好文让他心旷神怡，坏文令他屁滚尿流。

在下不才，抽抽鼻子也试着闻一闻伯纳德·马拉默德小说集《魔桶》的味道，旧衣服上的灰尘、梅雨天的书房、黄昏小巷微凉的夕光、粘皮革的胶水、杂货店里的油盐酱醋，这些气息混合成他小说素朴的灵魂。

同样是犹太作家，卡夫卡目光专注于未来，奥斯威辛的阴影投射在他寓言般的小说里，而作为后来者的马拉默德从事的是繁重的修复和重建。屠杀已经结束，焚尸炉早已冷却成纪念馆，劫后余生的日常生活意义何在？上帝、天使，以及对人类的救赎，都淹没进琐碎生活的噪声中。他写修鞋匠、拉皮条的、开杂货铺的，小小的辛酸、小小的幸福和期盼，背景是已经过去的六百万人的死亡。宏大的时代惨剧，会不经意间从平淡生活的裂缝中冷风般吹进来。小说《湖畔女郎》，写一个观光游客泡妞又被欺骗的平凡故事，但最后，犹太姑娘扯开衣服，胸脯上刻着编号，那是集中营的痕迹。"我是犹太人。我的过去对我很有意义。我十分珍视我以往所受到的苦难。"犹太姑娘的乳房如一束光破云而出，照亮全篇，前面的文字像春天的蜜蜂一样嗡嗡地活过来，有蜂蜇的疼痛，也有蜂蜜的甜美。

　　犹太作家都狂热地热爱终极问题。无论是卡夫卡，还是辛格，上帝在他们的小说里行走，好像走在当初的伊甸园里。但经历了大屠杀，上帝是否永远在场成了困惑所有犹太人的新的终极问题。马拉默德的小说缓慢地从日常起飞，以灰烬为起点，寒酸地重新上路。从清点一张张破损的小额纸币开始，琐碎凝滞得几乎让你昏昏欲睡，但奇迹和希望往往会在结尾突然闪现，上帝伤痕累累的面孔微笑着转向耐心等候的读者。小说《天使莱文》中贫病交加的主人公盼望的天使，出人意料地是个穿着旧西装的黑人，没有翅膀光环，他在下等酒吧里出没，像个红尘中的浪荡子，但最终证明他是现代版的天使，并赐给了人类他们渴望的幸福。

　　尼采说："朴实无华的风景是为大画家存在的，而奇特罕见的风景是为小画家存在的。"马拉默德正是这种点石成金的大师。在他的小说里，上帝、天使穿着形形色色的衣服逛商店过马路，奇迹不再是分开红海、遮蔽日月的好莱坞大片，他平心静气地教会你，只要友爱且善于观察，世界会无所保留地向你敞开心扉，奇迹也将无所不在。

"周云蓬2011年度好书格莱美"颁奖典礼

"周云蓬2011年度好书格莱美"颁奖典礼隆重地在大理古城周云蓬的住所召开,天空万里无云,艳阳高照,左苍山右洱海,伴随着运动员进行曲的欢快旋律,大会主持人周云蓬上台致辞:

2011年,我幸运地遭遇了很多好书,它们装点了我的生活,为时间镀上了美丽的色彩,当此岁末,我把自己的感谢奉献给它们,把来自我个人的赞美无保留地献在它们面前。

出水芙蓉奖：颁发给新疆阿勒泰女作家李娟。请颁奖嘉宾沈先生为李娟颁奖，并致辞。沈："我刚从昆仑山来。"记者提问："您不是在湘西凤凰吗？"沈被打断，不悦："凤凰都快成三里屯了。李娟的文字，清水出芙蓉，自然天成。她的散文集《我的阿勒泰》，是一罐密封的冰肌玉骨的新鲜空气，嗅之令人心猿意马。赶快离开生活着的大都市，买上车票，去找她。"掌声响起来，沈先生下台。

年度手不释卷奖：颁给刘慈欣的科幻小说《三体》。下面有请颁奖嘉宾儒勒·凡尔纳上台颁奖，并致辞。凡："中国能有这么好的科幻小说，真让我喜出望外。一看就放不下，就像当年看金庸小说一样。快到2012年了，人们都有或轻或重的末日情结，而《三体》对于人类世界毁灭的阐释又逼真又唯美。整个三维世界倾斜入二维时空，所有的事物都毁灭成一幅画。想象力是科学的先知。《三体》在这方面可谓登峰造极。缺点是人物的塑造过于苍白。比起我的《海底两万里》《神秘岛》，写人的方面还差一大截啊。"

最佳抒情传记奖：授予韩松落的《怒河春醒》。请颁奖嘉宾萧女士上台。萧:"小韩这本书,是普通人、小人物的传记,以邻居、妈妈、朋友为线索,写他从新疆到兰州,万里关山,从20世纪70年代到此刻,跟着时代千回百转。小韩的笔触奇特,像《七种武器》里的离别钩,你觉得他看似文弱,不会武功,可是在《怒河春醒》里他出手了,文字要人命。梦见妈妈从坟墓里爬出来,惨烈得令人战栗。我能有这样的传人,感到很欣慰。"

诗意盎然奖:颁给安徽诗人陈先发的《写碑之心》。请颁奖嘉宾海某上台。海:"陈先发是我的老乡,是在我之后,安徽最优秀的诗人。相比我那些强光耀目的浪漫文字,陈先发的诗有一种古玉的钝光,绵长内敛。《写碑之心》里面的好诗如云。下面我要给大家念上一段——在狱中我愉快地练习倒立。/我倒立,群山随之倒立/铁栅间狱卒的脸晃动/远处的猛虎/也不得不倒立。"

这时,苍山上下来了一阵狂风,满山落叶哗哗哗地鼓掌,大会被迫胜利闭幕。主持人周云蓬结语:走得再远,也是困守在自己的监狱里。只有好书能为我们提供越狱的机会。

行走的山楂树

小钟是一棵植物,所以,他显得比我们都年轻。他的歌里充满了四季的韵律,春华秋实的气味。有时,他看起来马上就老了,可东风一夜,他就又重新年轻起来。

"爱情不会老去",我考证他应该是棵山楂树。山楂树下,总有两个姑娘,到底哪个更可爱,树也不知道。

一棵树心情好了,就繁殖成了一座花园。小钟就带着他的花园唱起歌,上路了。

前方的路程长又长。花园里来了孩子、少女、母亲们，还有博尔赫斯、卡尔维诺、洛尔迦、麦田里飞来的乌鸦、善良的白蛇娘娘。只有小钟是真实的人，其他的都是梦境、倒影、幻象。等这个花园关门的时候，最终只剩下一个钟立风。

钟立风是浙江丽水人，少年时，在杭州短暂地逗留，后来北上京城，在唱片公司打工，有一天，接待一位操着邯郸口音的歌手，那就是后来的万晓利。晓利问："我能签约吗？"小钟说："我排了几年都还没戏呢。"在民谣酒吧驻唱，遇到新人小河，小钟作为老前辈，拍着小河的肩膀，语重心长地说："好好干，这里姑娘多的是。"后来，他自我流放，去青海牧羊，青海大草原的风涤荡了他的胸怀。回京后组建博尔赫斯乐队，签麦田，出唱片，开始了新的音乐旅程。

他是校园民谣走向新民谣的桥梁，承上启下，不卑不亢。他的朋友里有老狼，民谣界的泰山北斗；有小河，通向未来世界的急先锋。如果老狼是班长，那么小钟就是民谣班的文艺委员。他爱电影，爱小说，奇幻的故事令他沉醉。他爱旅行，主要是为了邂逅艳遇，往往求之不得，所以称为忧伤的艳遇。周云蓬的歌迷多是教师、法官、工程师、政协委员、厨师、仓库管理员,人到中年者为多。小钟的歌迷,多为老周歌迷的女儿们,从初二到大四上学期的女生不等,且戴眼镜的占多数。

小钟有个小说讲了一个盲人驾驶员的故事,说的就是我,他既然信任我为新书作序,那我就闭上眼睛,启程了。身后是李皖老师的序和主角小钟的文字,掉沟里,可别怨我。朋友们,让我们上路吧,向着畅销书的康庄大道前进。

想念一条倒淌河

前一阵,网上有个帖子,说歌手张浅潜在成都某酒吧只唱了半个小时就匆匆离场。帖子挺火,跟帖的人大多表示不满,并指出自己曾有与她类似的遭遇:演出迟到、不在状态等。其实国内很多大音乐节邀请歌手时,都有一个潜在的黑名单,这个名单上的人,不是唱得不好,而是不好驾驭,属于个性歌手。据我所知,其中就有张浅潜的大名。

我跟她同台演出过好多次，有时候，她也会唱很多，比如2005年的深圳民谣音乐节，每个歌手限定三首歌，但张浅潜那天发挥得好，观众掌声不断，她就多唱了好几首，气得主办者张晓舟在台下直蹦。

张浅潜，比起我们现今活跃在前线的民谣人来讲，算是老前辈了。她1996年签约红星音乐，2000年获MTV最佳摇滚女歌手奖、最佳编曲奖。她同代的音乐人，张亚东、许巍、郑钧，早已占据了娱乐业的各个制高点，凡人难得一睹真容，出场费也是大数字的。时代的动车飞速向前，留下一个张浅潜，被撇在我们这个靠演出为生的民谣新军里，还有日趋没落之势，实在让人扼腕。

张浅潜给我们贡献过那么多好歌，比如她经典的《倒淌河》，我认为是最好的民谣歌曲之一。还有她那张专辑《灵魂出窍》，我称其为"破碎虚空"之作。可她的境遇却越来越糟糕，20世纪，她还徘徊在北京东三环的团结湖；进入21世纪，已经退居至东五环外的高碑店的平房里，而且备受房东刁难。一次演出完聚餐，快结束时，听她发愁，说晚上回家，那一带很荒凉，路太黑，想找个网吧坐一夜，早上再回去。

她的境遇窘迫，我想，是20世纪90年代唱片公司制遗留下来的后遗症。那时有经纪人、制作人、企宣，歌手什么也不用操心，甚至有人可以帮你背着琴。但现在不行了，现在是个单打独斗的时代，歌手不但要能唱歌，而且也要会谈判，会调音，会算账，还得自己写文案。她的个性显然不适应这种"十项全能"式的竞赛规则。但我们为什么不能给时代留那么一两个有个性的歌手？当我们听她的唱片的时候，我们享受了一个艺术家能给出的最好的果实，这个果实是由她的个性、她张扬的性情、她充满悖论的感觉生出来的，也包括她不谙世事的那一部分。我们往往会奢望又能吃到奇特的果子，又能看到一个四方周全、八面玲珑的人，岂知这是不可能的。

张浅潜的问题是，她的音乐做得非常好，但她不会经营自己。2011年她一月份有个巡演，二十天她安排了十场演出，有时候三天要跑三个城市，这需要很强悍的神经和体力。像我这种流浪歌手出身的人，都觉得吃力。所以造成了巡演状态不好，每一场观众不是很多，演下来还要赔钱，而且还招骂。

在我们的时代，音乐界的一个共识就是：唱片不好卖，但歌手还能通过现场演出活下去。然而，唱片中表达音乐的细腻、精雕细琢的多层次是现场无法替代的，而且有些人更适合坐在房间里，安安静静地在唱片上绣花。

还是希望有个唱片公司或者经纪人来帮她策划好的演出，帮她维护唱片的版权，让她即使演出少，也能维持自己的生计，继续做音乐。希望歌迷或媒体不要过于苛责她，给这个时代保留些许孩子气、神经质、浪漫主义。

特立独行的汽笛

最近"特立独行"这个老词从汉语海洋中一跃而出。它展翅摇翎飞向十四年前的王小波,那里有一头猪趴在房顶上,拉响汽笛,劳动的人们将错就错,欢天喜地地提前收工。王小波和他的猪兄一样反对被限制的生活,他们长出獠牙,冲破围剿,逃入山林,留下我们这些规矩人,老老实实地进入了《白银时代》。

我们生活在他的某部小说里,情节甚至比他的原著更引人入胜。这个时代的艺术家该有多幸运。你不需要采用西方的那些象征、超现实、荒诞、黑色幽默等手法，只是白描似的呈现就足够了。据我所知，别的时代的艺术家都巴望着穿越到我们这里来。

即便如此，视野之内，竟然再没出现小波似的作家，可见，他有多珍贵。

在我心里，王小波是一百年来文坛第一牛人。他身上兼有鲁迅的批判幽默和胡适的宽容自由主义。他是从唐朝移植过来的梧桐树，大概因为唐朝人要修地铁，由于水土不服，过早地夭折在我们这个时代。他笔下的男人，都住在我们这个时代，女人则清一色全是从大唐带来的。陈清扬、杨素瑶、小舅妈、小转铃、线条，那都是公孙大娘、鱼玄机、薛涛等人友情客串的。

就连那头猪，也是见过李白的牛猪，要不怎么会如此特立独行呢？看到网上，当初有个电视台主持人采访他，问："你的小说里的爱情为什么没有诗意？"他大概以为诗意就是情深深雨蒙蒙，几度夕阳红，我仿佛听到整个唐朝都大笑起来。白银时代到底有多久呢？我们还活在他的《2010》里，盼望着有生之年能进入他另外的小说，如《红拂夜奔》，哪怕是《寻找无双》。

如果人生苦短赶不上，那我也希望特立独行的豹子一样迅捷的猪兄回来一次，趴在我们的屋顶上，为我们苦闷的日子拉响汽笛，让大家能卸下生活的重担，在春天的小河边洗个澡，唱着歌回家。

阿炳的一天

到无锡演出，去探访阿炳故居，一间房子，家徒四壁，摆放着一双雨鞋和一张木板床。1950年12月4日，阿炳死在这里，身边没有一个人。外间是他的纪念馆，可以通过耳机听他当年的原始录音，《二泉映月》细若游丝，颤颤巍巍，从历史的深处飘来，伴随着杂音，就像江南的梅雨敲窗。

我想象阿炳的一天：

早上，照常是要睡懒觉的。等到太阳晒到床上，抽两口烟，起床。先到家门口的三万昌茶馆坐一坐，听茶客们谈天说地，是否有啥新鲜事——就像我早上上微博一样。然后到三万昌茶馆门前的小广场上，开始一天的工作：拉二胡，唱新闻，唱无锡的哪个财主又霸占了一个丫鬟，日本人又干啥坏事了，等等。如果挣到了钱，就来一盘蚌肉炒大蒜，再来斤黄酒，借着酒劲睡个下午觉。黄昏时，收拾行头——琵琶、二胡、歌单，跟媳妇董彩娣出门。路过公花园，那里的茶楼正在唱锡剧，很多老人在那儿骂政府。再向前走，出光复门（现在成了无锡的一环路解放大道），城外要比城里凉爽很多，路旁种满香樟树。一路走一路闻，等到香樟树的味道淡些了，就听到隐隐约约的闹市声。那是无锡最繁华的地带，毗邻火车站，戏楼、茶楼、客栈、妓院、饭馆、电影院，一家挨着一家。

快到中国饭店的时候，开始有老主顾招呼他了："阿炳，来一段。今天我有朋友从上海来。"阿炳就拿出折子：二胡拉一曲两角，弹一曲琵琶五角；普通曲目两角，荤曲儿加价。阿炳先弹了段《昭君出塞》，客人是个跑买卖的，听不大进去。他又来了段《小寡妇上坟》。

拿到钱，阿炳继续往前走。过了大洋桥，就到了泰山饭店。他在路边摆个场子，施展他的平生绝技，从《二泉映月》到《听松》，再用胡琴模仿猫叫狗叫，老鹰抓小鸡，唧唧咯咯，弓弦穿梭处，世间百态，活灵活现。演出间歇，阿炳一摇钱罐子，很生气，钱不多。于是曲风一转，开始骂人……骂完了，气消，跟媳妇回家。城门已经关上了，但城上的日本兵是阿炳的忠实粉丝，一听胡琴声，赶快开门放行。

几十年前无锡的夜晚，灯火稀疏，万籁俱寂，阿炳拉着胡琴，一路走回家。那些半梦半醒的人，听到胡琴声，就知道阿炳下班了，翻个身，继续做他们的旧梦。

痴心不改，民营书店

每个城市都会有那么一两家品位良好，肃静近于冷清的独立书店。它们在卖什么？前有新华书店拦路，后有网络打折追杀，所有书香浮动月黄昏的小书店的背后，都伫立着一个默默赔钱的书痴老板。

1995年我到北京，北大东门外有个书铺街，那时摇篮中的万圣书园就坐落于此。一个小小的门市，卖着高深的学术著作，对面还有一个卖打折旧书的分店。约文艺青年见面时，经常会在BB机上留言：万圣见。后来这条街被建设成了车流滚滚的四环。多亏北京这么一大块光怪陆离的文化土壤，万圣并没倒闭，而且成了京城文化的一个地标。

我四川的朋友，书痴宋杰，梦想着在成都建一个万圣一样的地标。每一次见他，他话里话外重复率最高的就是"地标、地标"。前年我去成都，他终于在宽巷子附近开了一家象形书坊，整天高高兴兴地坐在书架旁，没人也高兴，有人更高兴。如果你买的书特别合他的胃口，他还会请你吃水果、喝饮料。现场见一位女士选书，库存无货，宋杰急忙打电话，让同城的另一家书店赶紧送过来，快递费由他支付。痴心如此。

我青岛的老友张亚林，爱喝扎啤吃蛤蜊。他在青岛大学对面开了一间学苑书店，房租很高，但他说，这辈子就喜欢干这个。他不管晚上喝了多大的酒，总会一大早起来，洒扫庭院，准时开业。搬把躺椅，坐在书店前，喝茶下棋。他还有个臭毛病，无论到哪个城市，看人街边的门市房敞亮，就会提议：这个适合开书店，什么时候我来开个分店。然后就指手画脚，不顾人白眼，规划何处摆书架云云。

绍兴蔡老师，热爱"五四"文化，开了一家新青年书店，理想是"不赔钱就算成功"。他有时进了一些好书，怕被买光了，自己还要藏起来一本。

深圳的阿飞，本来是开酒吧的，如今弃暗投明，开了间旧天堂书店，由于夫人魏籽是个大设计师，书店设计得像一个美轮美奂的梦。阿飞是个大胖子，但建设书店，夜以继日，夫妻俩熬了两个月，竟然减肥十几斤。别的书店主打是励志、教辅，他们的招牌菜却是诗集、黑胶唱片。除了卖书之外，还开辟一个玻璃屋顶的小院，作为咖啡屋。前不久，我和诗人廖伟棠在此做了一个诗歌与音乐的演出。接下来还有钟适芳的讲座。

亲切的民营书店越来越成为众多知识分子的讲坛，我相信它们应该是岳麓、嵩山等书院一脉相承的好子孙。好书若有知，摆在这里，也会觉得幸福。这是它真正的家，来买它的都是亲人。

暂别南都

2011年年初,我在《南方都市报》开设了专栏"首如飞蓬"。小小自留地,笔耕一年,也收获了些萝卜白菜,满足口腹之余,还能和三两朋友分享,已经很欣慰了。如今,我要休息一段时间,找个角落猫冬过春节,捎带总结一下短暂的专栏生涯。

南都是中国媒体的前沿哨所,上了这条船,你会感觉到时代的风雨扑面而来。

我写过大作家史铁生去世、日本地震、鲍勃·迪伦来华、保护方言，写过众多歌手的传奇故事，写过法国阿维尼翁戏剧节、初到新疆，天南地北，五味杂陈。回看来时路，我们拉着衣服扯着袖子相跟着，走过了一山又一山。我们在共同努力争取让说真话如嗑瓜子的时代早日到来。

一个歌手写专栏，总是有点不务正业，每每彻夜大酒，凌晨，忽想起专栏在即，便如冷水浇头，马上酒醒。到了国外，手机关机，正乐不思蜀之际，编辑网上留言催稿，立马感到身后有个大手拍你肩膀，让你须臾不敢忘本。我的编辑侯虹斌，真是个尽职尽责的催命编辑，如果有些稿子写得还可以，那也是被她催逼出来的。感谢她一年来的短信、邮件、微博、私信，就差电报催稿了，让我这个行踪不定的懒作者在文字上收获颇多。

某次在广州乘出租车，司机认出我，主动攀谈，原来不是因为我的歌手身份，他说，他经常看我在《南都》上的专栏。

末日之年，歧路虽多，然有爱者，终会殊途同归，神州很小，有心者定能再聚。

新民谣急先锋小河

在2011年的威尼斯双年展上,一群中国人慕名而去,看写《北京欢迎你》的小柯,到现场一看,根本不是小柯,而是个叫小河的白头发怪物。小河刚唱了一首歌,前排一人就离席而去。这时,台上的小河展露他的独特个性:他一个箭步跳下台,拉住要走的人,说:"我刚开始唱,你干吗要走呢?"那人只好规规矩矩地坐回原位。等小河回到台上,闭着眼睛在音乐中达到高潮时,那人突然站起，大喊一声"再见"，跑了。

小河1975年生于河北邯郸，上面有两个哥哥，父母看着三个大儿子在炕上跑来跑去，发愁将来要盖多少间大瓦房才能给他们都娶上媳妇。小河的音乐之旅起于军营，那时他是个炊事兵，专业是和面蒸馒头。馒头蒸好，开始练琴。他那时的创作风格是军营摇滚。

他退伍后直接成了北漂，当过保安、琴行的销售员。后来他去了当时的音乐乌托邦河酒吧，并且出了他的第一张唱片《飞得高的鸟不落在跑不快的牛的背上》。当时唱一场一百块。但他生财有道，自己开始写字，自创一个nuan（上男下女，平声）字，唱完歌，现场拍卖，十块起价，有时卖字收入比演出费都多。有人回忆，在河酒吧第一次看到小河：骑一个二八破自行车，耳朵上挂一个存车牌，勾着京剧脸谱。一看就是个邪派高手。

民谣界忧伤的手风琴手、歌手张玮玮如此回忆他和小河的一次商演：话说那是一个滴水成冰的冬天，蓝岛商场门口办了一场开业庆典，玮玮老老实实地唱完了歌。小河上去，背对观众，开始漫长的调音，现场观众一片茫然。之后他忽然回身，好像刚刚看见台下有这么多人一样，说："这大冷的天，你们站这儿干吗呀？赶紧回家吧。"

2005年，小河在798的南门空间策划了一场规模浩大的"新民谣音乐会"，从下午六点开始，到凌晨两点结束。那时这些民谣歌手都还很嫩，参加的有朱芳琼、苏阳、左小祖咒、万晓利、周云蓬、马木尔……那也是第一次，"新民谣"的概念登堂入室。

2010年，在一次演出中，小河从两米高的舞台上，抱着吉他高喊一声"我后悔啦！"一跃而下，结果动作变形，当时就躺地上了，双脚骨折，疼得满头是汗。观众还兴高采烈地评价：演得太像了。过一会儿才觉得不对，赶紧送医院。小河从此开始了他的轮椅生涯。

小河在病床上也闲不住，做了一张病床唱片，里面有一首歌以寻人启事为题材，他说有个网，专门刊登寻人启事。他以那些启事为歌词，写了一首有关失踪者的震撼的歌。他声称自己在病床上终于有时间安安静静地看几天书了，我就送了他一本《天才在左，疯子在右》，觉得挺适合他的。

有一天，小河开始拄着拐蹒跚地走路了。再过几天，拐扔掉，背着琴，开始在家里楼上楼下做负重练习。终于某日，小河过马路时，一辆车飞驰而来，他拔腿就跑，等到了路对面，小河惊喜地发现，自己会跑了。

今年六月末，众多民谣歌手在北京做了一场河酒吧十周年的纪念演出。那天，暴雨如泼，北京成河。但剧场内座无虚席，很多人是游过来的。小河是当天最亮点，他很体谅地停止即兴，唱了他第一张专辑里群众喜闻乐见的歌，而且把现场搞得像个相声晚会，每一首歌都充满了笑声和掌声。我感觉小河身上有一种丑角的气质，在台上很难严肃起来。他让我想起电影《大路》里那个吹小号的小丑。酒局上没有他，人们会觉得很寂寞。舞台上没有他，就像一个充满了正面角色的电影，略显乏味。

野孩子：大河之上

"黄河的水不停地流，流过了家流过了兰州。流浪的人不停地唱，唱着我的黄河谣……"这是野孩子乐队的经典曲目《黄河谣》。每一次他们的现场演出，此歌都是压轴歌曲，张佺、张玮玮、郭龙，坐成一条直线，放下乐器，肃穆地清唱，不炫技不讨巧，就那么诚实地一步一步地夯实每个音符，仿佛背负着纤绳，把黄河拉进人的心里。现实中的黄河，又黄又干，气息奄奄。真正的黄河汹涌澎湃在梦里，在那些热爱它的人的歌声中。

20世纪末，野孩子的创始人张佺、小索，从兰州西固区出发，扛着吉他雄赳赳气昂昂地走向北京。据张玮玮后来回忆，他刚见到他们时，以为是俩搞重金属的：一身皮衣，长发蓬然，操着一口兰州话，跟他们这个组合的名字"野孩子"正相配。

张佺、小索初到北京，没有马上开始混圈子、泡妞、高谈阔论艺术理念。他们租了个地下室，每日早起，打开节拍器排练，一直到天黑，才出去吃饭。为了锻炼肺活量，还要跳绳跑步。北京虽然云集了上千个地下乐队，狼多粥少，但台上的真功夫决定一切。野孩子一上台，就很叫座，在各个地下酒吧红了起来。

记得我第一次听他们现场，是在五道口的嚎叫酒吧。门口买票的人排着长队。我和几个搞乐队的看完全场演出，大家都惊了，两把木吉他，铿铿锵锵挟着西北的黄沙，滚滚而来，两个人的和声，像天上高飞的雁阵，不由分说地把你带到远方。

2001年，张佺和小索在三里屯开了一个河酒吧。这里类似地下音乐人的俱乐部，出没在那里的有小河、万晓利、马木尔等。你在台上演出，要格外一丝不苟，因为台下坐的都是歌手和乐手。河酒吧也成了中国当代即兴音乐的摇篮，比方说你刚有个音乐动机，但还没有想好，你就可以到河酒吧，借着几分酒意，抽着都宝，在台上把它完成，这可能比你在家苦思冥想的效果还要好。

据酒吧的创始人之一封杰西回忆，那时候，大家通宵地唱歌、喝酒，累了就坐在门外，然后天忽然就亮了。废墟乐队的主唱周云山回忆，说河酒吧好啊，那里有的是好姑娘。我认为，就像鸟儿为求偶歌唱，台下都是好姑娘，歌手当然会施展全身解数，拿出百分之百的劲头唱歌。

但天下没有不散的筵席，因为经营不善，河酒吧于2003年倒闭。野孩子乐队也达到他们辉煌的高峰，2003年，他们参加了香港艺术节。据张玮玮回忆，演出快开始时，他透过幕布缝隙向外一看，吓他一跳：五百多人的场地座无虚席，观众都屏息以待。原本背了两百张专辑，想卖不了再拿回去。可由于演出现场太精彩，上半场刚结束，就全部卖光。几个人后悔啊，怎么没多带点儿。

这是内地新民谣乐队第一次到香港演出，大获成功。2004年，乌云飘来，主唱小索因得胃癌，在北京协和医院去世。很多歌手、乐手在他弥留之际守在医院。据民谣歌手冬子回忆，小索有一阵清醒，拉着冬子的手说：一定少喝酒，别吃那么多方便面，尤其酒醉第二天，不要空腹喝可乐。言之凿凿，仿佛一个中了埋伏的战士告诫后来的战友。

小索去世了，朋友为他举行纪念音乐会。当初在河酒吧演出的以及看演出的都聚在一起，从八点一直唱到半夜两点。野孩子乐队也宣告解散。

有人坐在河边总是说／回来吧，回来／可是北风抽打在身体和心上／远行吧，远行

这是张佺后来写的歌，歌名叫《远行》。他只身去了云南，从昆明到大理到丽江，在那边娶妻生子。很多丽江的游客都曾在束河的大石桥看到他弹着冬不拉唱当年野孩子的歌。他的生活变得更简单，开始吃素，而且很少饮酒，乐器从六根弦的吉他简化为两根弦的冬不拉。张佺自己录制唱片，自己装帧印刷，自己卖。背上乐器行李，去北方南方巡演，像一个音乐货郎。这可能更接近于他儿时的梦想——边走边唱。

另一成员，张玮玮，立志要做一个忧伤的手风琴手。

他先加入了小河的美好药店乐队，还曾经给左小祖咒、马木尔伴奏，用在哪儿都会发光，号称民谣界的"万能乐手"。后来他自己创作了很多歌，著名的《米店》都快成了丽江的市歌。

蒲公英各自飘，但总有机缘重聚。2011年，张佺、张玮玮、郭龙，三个野孩子当年的股肱成员重新走到一起，各自带了自己这么多年的生活经历和音乐体验，汇合成新的《黄河谣》。在2011年的西湖音乐节上，野孩子乐队重生。站在台上，遍插茱萸少一人，然而死者和生者都在音乐里。他们的音乐，不再年轻，但更有力量，更浑厚，充满底气。

冬天来了，他们住在大理的院子里，每天下午排练。三个老炮，准时准点，一丝不苟地排到太阳落山。郭龙打错了，张佺温和地看他一眼，他马上自我检讨：这个地方忘了。2012年他们会伙同周云蓬、万晓利、小河、吴吞再次参加香港艺术节。九年的光阴，淬炼出的音乐，历久弥新。

遥远的黄河还未干枯，唱歌的人继续向前。时光不会虚度，有音乐为证。

评头论足乐评人

歌手要跟乐评人搞好关系,这是天经地义的真理。所以我们有很多做乐评人的好朋友,伟大的友情来自相互吹捧。其实中国的大多数乐评人都不会乐器,甚至很多人五线谱也不认识。但他们都是乐痴,每个乐评人都是一屋子的打口唱片。广州资深乐评人邱大立,初出江湖,就是一个卖打口带的。现在跟他漫步广州街头,他还经常指指点点:这个天桥,是当初五条人卖碟的地盘。

邱大立用这种方式，把地下丝绒、平克·弗洛伊德送到了千家万户。

我在树村住的时候，某天，邮递员送来两个大纸箱，拆开来一看，全是一套一套的打口经典。那些东西对于搞音乐的来说，犹如练武术的得到《九阴真经》。那就是邱大立从遥远的广州寄给我的。那时我们还没见过。后来几次去广州演出，都住在邱大立的店铺里。他那儿是很多音乐人的流动驿站，管吃管睡。

另一个，号称"乐霸"的乐评人，现今《时尚先生》的主笔张晓舟。他本来是一个体育记者，靠足球评论赚了些稿费，在广州工作的时候，据他的同事反映，张晓舟吃饭从来不爱买单。省下那么多钱干吗呢？都用来请地下摇滚人吃饭了。当年在树村，张晓舟进村了，大家会奔走相告："张大善人来了，晚上有大餐了。"听说张晓舟的工作单位能报销打车费，某次，左小祖咒从裤兜里掏出八百多元的出租车发票，说："晓舟，帮报一下。"其实都是晓舟自掏腰包。

张晓舟对音乐人有一种母性的慈祥，而且是那种拉着袖子苦口婆心的保姆式的呵护。有一次小河在广州演出，半夜喝多，打个车要去东莞继续喝。张晓舟一路电话追踪，后来竟然打给出租车司机，强令他把小河拉回广州。

上海的乐评人孙孟晋，也是我的好朋友，曾经一起去德国参加绳索道音乐节，由于他对西方乐队非常熟悉，所以成为我们的音乐节活指南。老孙有个不像上海男人的暴脾气。某次他在微博上批评我的专辑《牛羊下山》，跟张晓舟吵了起来，吵得两个人多少年的老交情都要断了。老孙后来近似撒娇地宣布："我的葬礼不准你来。"后来在左小祖咒的斡旋下，两个人又喝到一块儿了。

还有一个兰州乐评人颜峻。好多年前，还是在河酒吧的年代，某次酒后我们俩大吵一架，为了啥都忘了，从此我俩结下了梁子。后来颜峻写了一篇评价我唱片的乐评，恶评满纸。我看了，心里更堵得慌了。其实乐评人就应该有褒有贬，这是很正常的。多年后，他突然来了个电话，声称台湾的诗人夏宇想跟我建立联系，合作一些作品。虽然是一个很普通的谈公事的电话，但接完以后，我觉得彼此间也尽释前嫌了。再后来，读到韩松落的《怒河春醒》，一篇几万字长文，记述颜峻在兰州组织地下摇滚演出，带他看文艺电影。读到此处，我发现他和我一样都是真心爱音乐的人，有这点共性，别的就都不算什么了。

这几个乐评人各霸一方，仿佛《射雕英雄传》里的东邪西毒、南帝北丐。他们有各自的领域，而且，每个乐评人都长期罩着某个歌手，像狗啃骨头一样护食。张晓舟就是言必左小祖咒。邱大立顶礼膜拜胡德夫，捎带着其他歌手，大立某次曾深情地回忆，跟胡老师在一起，就像过节一样。孙孟晋更直接，把上海本土的顶楼的马戏团的吉他手梅二庇护在自己的麾下。有时梅二出门演出，想到单位里有老孙罩着，就很踏实。

这些乐评人不像他们吹捧的资产阶级歌手，本身生活作风都很正派。邱大立长年单身，周围也有很多女粉丝，但就是不找女朋友。生活里的娱乐就是养流浪猫、参加马拉松长跑比赛。所有挣来的钱，都用在去看演出的门票和飞机票上。前几天刚从主编的位置上辞职下野，因为工作里老需要写软文。

张晓舟，作为一本时尚大刊的主笔，身边美女如云，可是从来没携女友出席过酒局。他的身边坐的都是那些张牙舞爪的吉他手、贝斯手。某次去成都，朋友想帮他撮合一下，将他带到一个酒吧，晓舟一进去眼睛都花了：成都姑娘真漂亮啊。等到人家过来搭讪时，他却缩在角落里，装模作样地看书。

有人问我，中国为啥没有女乐评人？经三思得到答案：姑娘一爱音乐，就被乐手收编为女朋友兼企宣了。光为一个乐队唱赞歌，也就成不了乐评人。

现在，网上人人都可以发言，指点江山，乐评人这个物种也渐渐趋于没落和消亡。老的有个性的就剩下这么不多的几个，希望大家像爱护大熊猫一样爱护他们，组织也应该多关心他们的个人问题。他们是精彩的音乐解说者，其实他们自身的生活也需要解说。他们的生活和音乐一样复杂、奇特、多彩。

一个人过春节

一年到头每天要跟各种人打交道,到春节就想来点特殊的,一个人过。

处理完北京的工作,马上坐飞机进昆明,回到大理的苍山下。感觉春晚在后面追着,好在大理的房子里没有电视,没有多余的应酬。朋友送了一大块腊肉,这就是我唯一的年货。

除夕下午,独自在天台上晒太阳,在北京阳光成了一种奢侈品，而云南的阳光简直是通货膨胀。泡上茶，身上暖暖的，闻着邻居家的肉香，抚今追昔，又好像什么也没想。

去年春节，是在北京过的。跟一帮朋友去酒吧喝酒，以为会有什么艳遇呢，结果是大家坐在那儿看春晚。一帮无家可归的老外在耳旁聒噪，比春晚还热闹。坐到后半夜实在无聊，回家，结果找不到钥匙。蹲在沉重的防盗门外发愁，想着这是什么春节，难道要流浪街头吗？后来打电话报警，警察来了，经过盘问，验明正身，确定这个房子的主人是我，接下来就是叮叮咣咣地撬门，快凌晨了才进屋。这也就罢了，更郁闷的是，进去才发现，钥匙鬼使神差地在另一个口袋里，还花了好几百块的撬锁费。

所以这次在大理过年，下决心绝不出门。

除夕之夜，一锅白米饭，腊肉已经炖烂了，一瓶红酒，两瓶德国黑啤酒。有酒有肉，还有音乐。自己弹琴，唱给自己听。

风从苍山上刮下来，如海浪拍窗。酒意上涌，唱《乌兰巴托的夜》："穿过旷野的风啊，你慢些走……"这是我自己的春晚。

发短信问朋友他那边的春晚演到哪儿了，说王菲已经上台了，好像有点跑调。紧接着，手机开始噼里啪啦地接收无数个祝福短信。其实我更喜欢有主语的、有趣的拜年话。可能现在人都朋友太多了，往往接到的短信都是群发的从网上下载的幸福的小段子。我想了一个好的，赶快卖弄地发给朋友：新年如醉如痴，旧梦不离不弃。

午夜到了，上天台，摇响屋檐下的三个大牛铃，叮叮咚咚的，感觉自己也放鞭炮了。

第二天酒醒，拉开窗帘，大理的太阳向我拜年。盛情难却呀，重新躺回床。龙年的第一天，像一张白纸。不想写什么废话，就享受了这种无事可做的、白痴一样的时光。

初一、初二、初三，一块腊肉堪堪吃完。这个年过得是又简单又安静。左手跟右手碰杯，把自己灌醉了好几回。

初五了，要破五。这天张佺——野孩子乐队的主唱，在大理的九月吧做专场，我是暖场嘉宾。一进古城，吓一跳，满街都是游客。演出是九点开始，第一个观众下午六点就到了。她解释说，要来先占个座位。我心里暗暗好笑，大过年的谁会来看演出啊。

结果出乎意料，人是越来越多。我被迫让出好位置，坐在吧台旁。过一会儿吧台旁也坐不到了，把我安排到门后的角落里。耳闻卖票的人解释："里面只有小板凳可以坐了。"过一会儿，小板凳也没有了，只能站着了。再过一会儿，站也站不下，差一点要卖挂票了。

演出气氛非常好。观众很多都是从五湖四海奔向大理度假的文艺青年。三个小时的现场，静悄悄地专注地聆听。我们在舞台上，唱得也很陶醉。好的现场是对自己音乐的加持。如饮美酒，如对良人。

……

年过完了，一大堆平凡的日子拥挤在未来。抓紧订机票，北京像一个大磁石，你不喜欢，但总有一些不可抗拒的理由把你拉回去。国贸的地铁、三环的堵车，以及一个个人山人海的饭局，不怀好意地召唤你。

虽是末世之年，个人的生活还是要煞有介事地继续下去。小车不倒向前推，有个词叫"飞龙在天"，然而我们只是大地上，蝼蚁一样忙碌的龙的传人。

"龙年吉祥。"对自己说，也祝福全中国。

我爸爸

我的爸爸不是那谁谁，不然，我会大吼一声，报出他的名字，保准把厄运吓得一溜跟头地跑到别人那里去。

在铁西区小五路的某间平房里，我爸爸趴在炕头哭，我妈妈趴在炕梢哭。我爬到爸爸那儿，他说，去你妈妈那儿，我爬到妈妈那儿，她说，到你爸爸那儿去。这个场景定格在我人生的开始，大概那天医生确诊我患上了青光眼，有可能导致终生失明。后来，妈妈带我千山万水地治眼睛，爸爸在家里上班加班，维持生计。我们经常会在异乡的医院里，或者某乡村旅馆里，接到来自沈阳的爸爸的汇款，还有他搜罗来的宝贵的全国粮票。我药没少吃，路没少走，最后回到家，眼睛的视力终于还是彻底消失了。

记得爸爸第一次跟我郑重地谈话，仿佛是对着我的未来谈话："儿子，爸爸妈妈尽力了，治病的钱摞起来比你还高。长大了，别怨父母。"我有点手足无措，想客气两句，又有点心酸。

我爸爸叫周丛吉，老家在辽宁营口大石桥。20世纪60年代，他跑到沈阳，当工人。他是个挺聪明、挺有情趣的人，或许晚生几十年，也能搞点艺术什么的。

他爱养花，我们家门前，巴掌大的地方，他伺候了好多花花草草。20世纪70年代末，电视机像个飞碟似的，降临在我们贫瘠的生活中。先是一家邻居买了一台黑白电视，我们整个向阳大院的孩子们都炸了窝，每日流着口水，盯着人家的窗户。接着，排着队帮他家劈劈柴、打煤坯，就为了晚上能搬上小板凳去他家看《大西洋底来的人》或者《加里森敢死队》。这时我爸爸闪亮登场了。他骑上自行车，到沈阳的大西门电子零件市场买线路板、图纸，埋头钻研，终于有一天，咣的一声，我家的"原子弹"爆炸成功了。桌子上，那堆三极管、二极管，乱七八糟的线路，亮出了雪花飞舞的画面，穿西装的念新闻的主持人在雪花里扭来扭去，我们家有电视了，九寸的，是我爸爸装的，太骄傲了。

在工厂里，他也是把好手，车钳铣刨各种工种全能拿得起。后来，他被评定为八级工，大概相当于高级技术工人的职称了。可是，我越来越不喜欢这样的爸爸，以及工厂的噪声、冶炼厂的黑烟。那时，我开始读泰戈尔了，什么"夏天的飞鸟，飞到我的窗前唱歌"。我们家门口，有一个下水道，再向前是个臭垃圾箱，紧接着还是个下水道。爸爸每晚都要会见他的同事，讲车床、钢管，抽烟，喝酒，妈妈在外屋地（东北方言，对门厅兼厨房的称呼）炒花生米，我们要等着他们吃完才能上桌。而且，像大多数当工人的爸爸一样，让全家人害怕他，是他人生价值的体现。比方我们在唱歌，这时他回来了，吆喝一声，全家都灰溜溜的，屁都不敢放一个。

所以，每个人的叛逆，都是从反抗爸爸开始的。

我很记恨他打过我。有一次，我从外面回来，一下子把盖帘上的刚包好的饺子踢翻了，我爸爸上来就给了我一巴掌，我很委屈，因为眼睛看不清楚，就为了一点饺子而被打。爸爸也很反对我读书，有一回，妈妈带我去书店，买了将近二十元的世界名著，回家后，爸爸很不高兴，说花了这么多钱，这个月，你的伙食费可快没了。有时候，我会偷偷地设想，如果只有妈妈，生活里没有爸爸，那该多么愉快。

不满的情绪和身量一样在长大。战争终究无可回避地爆发了。

那时的我已经可以上桌喝酒了。一次，亲戚来家，带了一瓶西凤酒，我喝得多了，躺在火炕上，内火、外火交相辉映，和爸爸一言不合，吵了起来。他也有点醉了，拿起拖鞋，照我脑门上一顿痛打，用鞋底子打儿子，那是很有仪式感的老理儿呀。

我是新仇旧恨涌上心头，加上酒劲儿，冲到外屋地，抄起菜刀，就往回冲，好几个人拦着，把我拖出门。据当事人跟我讲，我一路喊着"要杀了你"，嗷嗷的，街坊邻居都听见了，真是大逆不道。后来，我爸爸问我妈："儿子怎么这样恨我，到底为了啥？"

跟爸爸的战争让我成熟了，明白人长大了就应该离开家，到世界里去讨生活，能走多远就走多远。我去了天津、长春，一年回家一两次。爸爸劝我努力当个按摩大夫，很保靠，风吹不着雨淋不着。我不以为然，尤其是他设计的，我偏不干这行。这时，爸爸也达到了他一生的顶点，由于技术出众，当了一个小工厂的副厂长，好像还承包了个项目，不过不久就下来了。他经常唏嘘，那时有人送红包，不敢要，拿工厂的事当自己的事情去做，结果也没落下好。

1994年，我大学毕业，爸爸去沈阳火车站接我。从浪漫的校园里，从光辉的名著里，从对姑娘们的暗恋里，我又回到了破败的铁西区，回到几口人拥挤在一起的小平房。爸爸抱怨我当初不听他的话，学文学，结果工作也找不到。于是，他带着我去给校长送礼。这时，我看到他卑微的一面，见了宛若知识分子的校长，点头哈腰，大气也不敢喘，把装了一千元的信封和酒强塞入人家手里，拉起我，诚惶诚恐地走了。回到家还念叨着，人家是辽大毕业的。后来，中间人告诉我们，没戏。我爸爸毕竟有觉悟，一听不好使，就去校长家，把钱要了回来。

对家乡的失望，让我们越走越远，然而，父母老了，他们只能在身后，跟跄着唠叨些盼望和祝福。BB机出来了，手机出来了，电脑出来了，他们无视这一切，还专注地天天看着电视，用座机给远方的儿子打长途电话，害怕电话费昂贵，又匆匆地挂断。有一年，我在异乡接到了爸爸的一封来信，他很当真地告诉我，他知道我在写文章，想提供给我一个故事。说我们老家的山上本来有一大片果园，最近果树都被人砍了。故事完了，他问我，这件事能写成一篇好文章吗？

还有一次，爸爸来电话，说身体不好，让我赶快回家一趟。等我回家一看，他啥事也没有。他神秘地告诉我，他给我找了个媳妇，马上要见面。原来，我家出租了一间房给一个在澡堂里工作的姑娘，不久前，她妹妹从老家来了，也想进澡堂上班。我爸就动了心，偏要撮合一下我和她妹妹，那姑娘碍于住在我家，不好推辞，就说先见见面。这下，我爸当真了，千里迢迢，把我召回。

我说，我没兴趣。他就瞪眼了，那你还想找个大学生呀？怕他生气，我只能答应见见。小姑娘刚从澡堂下班就过来了，房间里，就我们俩，她问我在北京干啥，我说，卖唱。她说那有空去北京找你，那边的澡堂子怎么样？我不知道她具体想知道的是啥，就囫囵着说，大概水很热。

我也是看过加缪的人了，也是听过涅槃的人了，咋还落到这么尴尬的境地？

这事情以后，我是发着狠逃离家乡的，如果没国境线拦着，我能一口气跑到南极。

2000年以后，爸爸有一次搬钢板把腰扭了，于是，提前退休了。他脾气不好，不愿意去公园跟老头儿老太太聊天、下棋，天天闷在家里，躺床上抽烟、看电视，结果得了脑血栓。一次，他在外面摔倒了，周围人不敢去扶，有人拿来个被子盖在他身上，直到有邻居告诉妈妈，才被抬回来。从此，他走路要扶着墙，小步小步地挪。每次，我和妹妹回家，要走的时候，他都得呜呜地哭一场。这让我想起二十多年前的他，铁西区浑身充满了生产力的强悍的棒工人，拍着桌子，酒杯哐啷哐啷地响。他放出豪言：你们长大了，都得给我滚蛋，我谁也不想，谁也不靠。

现如今，妈妈说，我们就拿他当个小孩。他耳朵有点聋，说话不清楚，颤颤巍巍地站在家门口，盼望着我和妹妹这两个在外奔波的大人早点回家。

我妈妈

1

我妈七十一岁时对我讲：她年轻时，一次遇到沈阳国营工厂招工，她辛辛苦苦排了一天队，检查都合格了，后来因为脖子上有个小瘢痕，被刷下来了，给我妈气得好几天睡不着觉。我说，又不是招飞行员，可能有人走后门了。国营去不了，她被分配到街道办的大集体工厂，估计跟国营比差了好几档。我爸在包头学了几年手艺，在这个大集体里，做个小队长。我妈一赌气就下嫁给我爸了。后来才有了我波澜壮阔的人生。不过我至今没儿女，这条河一眼能看到尽头了。

2

我妈带我去上海治眼病，越治越坏，最终两眼都看不见了。她觉得我这辈子咋过啊，就带我到黄浦江边，说，儿子，咱娘俩一起跳黄浦江吧！我说，要跳你自己跳吧，我想回家。我妈一听，这啥儿子呀，没心没肺。索性自己也没了跳江的心情。我妈把这故事告诉我女友，女友再转述给我。曾经有这事吗，我像听陌生人的故事一样。

3

我妈退休了，在沈阳的街头摆摊卖衣服，确切地说是先收旧衣服，洗干净了，按照新旧程度质量款式整理好，重新标价，卖得还挺好。有一回，收旧棉袄，发现里面缝了几个银圆，高兴得她像传家宝一样收藏起来，从此，感到这行当更有利可图了。我爸退休了，整天坐在电视机前抽闷烟,有时我妈就带他去街上,看摊,主要让他散散心。顾客来挑衣服了,要求再便宜点,我爸火了,不买滚!这哪是做买卖,分明是找打架。我妈再不敢让我爸去看摊了。我爸在家里坐出病来了,跟我妈说,想跳楼。每天回来,我妈都能看到他站在六楼阳台上。我妈干脆把房子租出去,又租了个一楼,每天回家我爸站在一楼的阳台上,平平安安的。

4

我妈七十岁时,我给她换了个大房子,八十多平方米,十一楼。窗外是个大湿地公园,一眼能看出好几站地。她可喜欢了。过春节,八辈子不联系的亲戚,她都要想尽办法把人请来,带着人家参观客厅卧室厕所,还要解释不是租的,是儿子给我买的。事后向我反馈,亲戚们都说,全沈阳亲戚中,属我家房子最敞亮了。

5

我把我妈运到大理来了。她说喜欢,满院子的花,冬天一点儿都不冷。去年她还去了香港，坐飞机都腻歪了。我妈做的蒜茄子，那真是茄子的最高境界，还有我妈亲自和面包包子，我冰箱里塞满了她包的包子，一年四季都饿不着。

我妈私下里跟我说，她年轻时算命：说将来你老了，要享你儿子的福，啥也不用愁。听起来挺美的，估计是她杜撰的。有回带我相亲，跟女方妈妈也说：我年轻时算命的说，我儿子将来会找个什么样的姑娘，说的跟你女儿一模一样。当时，我还信以为真：天作之合啊！没多久，我跟那姑娘就分了。

我又想起那个跳黄浦江的故事，也许是她杜撰的，也许是真的，但如果跳了，那就是另一个故事了。

第四篇　　唱遍这世界

我的花儿我想要回来了，回到我们住过的小星球。

——周云蓬《小王子》

小牛和小燕子

有一头小牛走在路上

路的前方是屠宰场

他以为去吃草

他以为去河边

吃饱喝足后就回家

天上飞的小燕子

早已看清楚这一切

她想让小牛停下来

却不知怎么说得清楚

Donna Donna Donna Donna Donna

余秀华之歌

你是一个摇摇晃晃走不稳路的人
不肯服输　内心倔强寻找奇迹的人
你也渴望着一种幸福名字叫作婚姻
你也渴望一种温馨名字叫作爱人
你在远方还有一个朋友　他实时为你担心
因为他　你还有一点怕死　不敢让他伤心
哎呀呀　有所牵挂的人
哎呀呀　无处抛锚的心
爱人爱人我想你想你　春梦了无痕
梦里相聚醒后别离　只有我一人
我用骨头　我用热血　吐出我的心
（白）是的　我爱上了一个人
经常走的街道　梧桐又绿了一次
那些手掌一样的绿　打不醒一个不知死活的人

一些熟人都老了

他们不关心梧桐树的叶子　不关心

一些人死于车祸或是死于疾病

曾经多少次　我幻想过自己的死

我爱过一些人　他们都是我死的时候不愿意再见的

但是这一次　我希望

在他的怀里落气

我希望是他把一张黄纸盖在我脸上

如同一棵梧桐树把一片叶子

盖在地上

闪念

闪念
没有色彩的春天
没有家园的房间
没有归人的长路
只能虚度这时间
闪念
坐在窗前坐井观天
走出家门就是深渊
梦里总是自己的脸
醒来看不到明天
Do re mi fa so la xi
如今这些传说
都成了过眼云烟
我们骄傲地问自己

哪曾有那样的闪念

Do xi la so fa mi re

如今这些传说

都成了过眼的云烟

我们黑夜里问自己

哪曾有那样的三年

瓦尔登湖

收好了背包要走吗

夜已变苍白

你的天涯静悄悄地在门外

我将留下

一个人

比黑暗还黑

请你把你的光收回

风暴过去了

湖面上

像一面镜子

照见那天空高又蓝

抬头望天上

蓝天里

你在笑着我

笑我成了空心稻草人

等到疯狂的那一天

我又想起你

没有了你我再不怕这鬼怪

我不怕溃败

一个人

比黑暗更黑

请你把你的光收回

风暴过去了

湖面上

像一面镜子

照见那天空高又蓝

抬头望天上

蓝天里

你在笑着我

笑我成了空心稻草人

风暴过去了

湖面上

像一面镜子

照见那天空高又蓝

抬头望天上

蓝天里

你在笑着我

笑我成了空心稻草人

笑我成了空心稻草人

笑我成了空心稻草人

失明的城市

看不到你如何美丽
但是知道你的心是善良的
看不见白云飘过了屋顶
听说远方
有一座失明的城市
那里没有目光
不需要彼此打量
在那座失明的城市
所有的盲道都是安全的
跑来跑去的大狗和小狗
可以带上你
去爬山去海边
和你心爱的人去约会
在那座失明的城市

所有的公厕都会唱歌
你可以任性地离家出走
走过一条街又一条街
陌生的路上不用担心
一个人找不到厕所

在那座失明的城市
可以大胆地表白说我爱你
没有谁会在乎你看不见
你看不见 我看不见
他也一样
握住你的手
听见你哭了
在那座失明的城市

所有的盲道都是安全的
跑来跑去的大狗和小狗
可以带上你
去爬山去海边
和你心爱的人去约会
在那座失明的城市
所有的公厕都会唱歌
你可以任性地离家出走
走过一条街又一条街
陌生的路上不用担心
一个人找不到厕所

在那座失明的城市

可以大胆地表白说我爱你

没有谁会在乎你看不见

你看不见 我看不见

他也一样

握住你的手

听见你笑了

那是我们的失明的城市

不会说话的爱情

绣花绣得累了吗

牛羊也下山了

我们烧自己的房子和身体生起火来

解开你红肚带

撒一床雪花白

普天下所有的水都在你眼中荡开

没有窗亮着灯

没有人在途中

我们的木床唱起歌说幸福它走了

我最亲爱的妹呦

我最亲爱的姐

我最可怜的皇后我屋旁的小白菜

日子快到头了

果子也熟透了

我们最后一次收割对方从此仇深似海

你去你的未来

我去我的未来

我们只能在彼此的梦境里虚幻地徘徊

徘徊在你的未来

徘徊在我的未来

徘徊在水里火里汤里冒着热气期待

期待更美的人到来

期待更好的人到来

期待我们的灵魂附体它重新回来

它重新回来 它重新回来……

随心所欲

水常流
云常在
不管你走向哪个地方呦
想着我还是不愿再想我
这一切全都随心所欲了
马走马的路
羊走羊的路
命运的车轮子翻来覆去的
爱上我还是不想再爱我
这一切全都随心所欲了
大雁们排好队向那南方飞
那也是我明天要去的地方呦
问自己后悔还是不后悔
这一切全都随心所欲了

一颗心破碎为另一颗心

破碎的心都灰飞烟灭了

只不过那天上又多了一片云

云走了飘远了随心所欲了

云走了飘远了随心所欲

盲人影院

这是一个盲人影院

那边也是个盲人影院

银幕上长满了潮湿的耳朵

听黑蚁王讲一个故事

有一个孩子　九岁时失明

常年生活在盲人影院

从早到晚听着那些电影

听不懂的地方靠想象来补充

他想象自己学会了弹琴

学会了唱歌　还能写诗

背着吉他走遍了四方

在街头卖艺　在酒吧弹唱

他去了上海苏州杭州

南京长沙还有昆明

腾格里的沙漠阿拉善的戈壁

那曲草原和拉萨圣城

他爱过一个姑娘　但姑娘不爱他

他恨过一个姑娘　那姑娘也恨他

他整夜整夜地喝酒　朗诵着《嚎叫》

（白）我看到这一代最杰出的头脑毁于疯狂

他想着上帝到底存在不存在

他想着鲁迅与中国人的惰性

他越来越茫然　越来越不知所终

找不到个出路要绝望发疯

他最后还是回到了盲人影院

坐在老位子上听那些电影

四面八方的座椅翻涌

好像潮水淹没了天空

北极光

那是人鬼水

那是穷乏的背面

它是绝对的冬天

它是冰雪的故乡

从南方　消融了　消融了　还原成水

从东方　融化了　融化了　落地成雨

从西方　流过来　流过来　流淌回北方

失明的老船长

独自划船漂向北方

听冰山撞击冰山

空空旷旷地响在海上

头上的太阳　远走哇　高飞呦　不再回来

白色的鱼群　游过来　跳着舞　沉默不语

冰雪张开眼　望着他　对他说　那是北极光

那是北极光 那是冰封的希望

在人们唱起歌 歌唱无人从梦里醒来

梦到故乡的田野 播种了 收割了 无声无息

梦见走过的山陵 花红了 叶黄了 无情无义

梦到未来的天空 人无影 鸟无踪 只有北极光

只有北极光 只有冰封的希望

漩涡在你眼前 为你失明的灵魂

绽放 飘扬 坠落 涌起来

绽放 飘扬 坠落 涌起来

绽放 飘扬 坠落 涌起来

空水杯

孩子们出门玩儿还没回来
老人们睡觉都没醒来
只有中年人坐在门前发呆
天黑了　灯亮了　回家吧
孩子们出门玩儿还没回来
老人们睡觉都没醒来
只有中年人坐在门前发呆
天黑了　灯亮了　回家吧
孩子们梦见自己的小孩
老人们想着自己的奶奶
只有中年人忙着种粮食
长出来又衰败　花开过
成尘埃　成尘埃
长出来　成尘埃

花开过　成尘埃

十年流水　成尘埃

十年浮云　成尘埃

孩子们梦见自己的小孩

老人们想着自己的奶奶

只有中年人忙着种粮食

只有中年人忙着种粮食

只有中年人忙着种粮食

小王子

哦，一朵花，从早上长出来，到夜晚，她就凋谢了
每颗星星上都有一个好故事，一颗星星上只住着一个人
有一个国王，他的国家没有人，他对着天空发出一个个命令
有一个酒鬼拼命想要忘记，忘记他的羞愧是因为喝酒
抬头眺望那星星离我有多远，就连光也要走上几万年
我们之间隔着浩瀚的银河，想大声吵架可再也听不见
哦，我的花儿我想要回来了，回到我们住过的小星球
你说你从来不害怕老虎，因为那个星球荒凉如初
哦，我的姑娘我想要回去了，回到我们住过的老房子
看见我又长出了一些白头发，你的目光是否有一点悲伤
哦，我的花儿我想要回来了，回到我们住过的小星球

你说你从来不害怕老虎,因为这个星球荒凉如初

看见我又长出了一些白头发,你的目光是否有一点悲伤

看见你又长出了一些白头发,你的目光是否有一点悲伤

沉默如谜的呼吸

千钧一发的呼吸

水滴石穿的呼吸

蒸汽机粗重的呼吸

玻璃切割玻璃的呼吸

鱼死网破的呼吸

火焰痉挛的呼吸

刀尖上跳舞的呼吸

彗星般消逝的呼吸

沉默如鱼的呼吸

沉默如石的呼吸

沉默如睡的呼吸

沉默如谜的呼吸

北京三次

第一次来北京
我一出火车站
人潮又人海
一眼看不到边
我想去动物园
却走到了通县
走得我两腿发酸
啊　北京　北京
你为什么这么大
北京城里还有一个县
第二次来北京
我坐上汽车来
一环绕一环
环环紧相连

我想去中关村

却走上了立交桥

三天三夜我都在桥上转

啊　北京　北京

你就是那立交桥

上去容易下去就难

第三次来北京

我从那梦中来

租房子不要钱

警察也很可爱

房东有两个女儿

一起爱上了我

搞得我心里很乱

啊　北京　北京

你永远都不黑天

所有人都无法再做梦

啊　北京　北京

你的太阳永不落

所有的梦都被你戳穿

山鬼

有一个无人居住的老屋
孤单地卧在荒野上
它还保留着古老的门和窗
却已没有炊烟和灯光
春草在它的身旁长啊长
那时我还没离开故乡
蟋蟀在它的身旁唱啊唱
那时我刚准备着去远方
有一个无人祭奠的灵魂
独自在荒山间游荡
月光是她洁白的衣裳
却没人为她点一炷香
夜露是她莹莹的泪光
那时爱情正栖息在我心上

辰星是她憔悴的梦想

那时爱人已长眠在他乡

上帝坐在空荡荡的天堂

诗人走在寂寞的世上

时间慢慢地在水底凝固

太阳疲倦地在极地驻足

这时冰山醒来呼唤着生长

这时巨树展翅渴望着飞翔

这时我们离家去流浪

长发宛若战旗在飘扬

俯瞰逝去的悲欢和沧桑

扛着自己的墓碑走遍四方

幻觉支撑我们活下去

那是一片蓝葡萄

挂在戈壁的天尽头

云外有片大草原

有个孩子在放牛

道路死在我身后

离开河床水更自由

为了不断地向前走

我得相信那不是蜃楼

梦里全是湖水绿洲

醒来满地是跳舞的石头

啊　我的饥渴映红起伏的沙丘

我不要清醒的水

我只要晕眩的酒

清醒的人倒在路旁

幻觉带着我们向前走

大风淘尽了我的衣兜

失明的灵魂更加自由

我是世界壮丽的伤口

伤口是我身上奔腾的河流

啊　我的饥渴映红起伏的沙丘

我不要清醒的水

我只要晕眩的酒

我不要清醒的水

我只要如梦的酒

吹不散的烟

汶川
汶川
你在哪里　在天上吗
我的婆婆　在虚空里做了一碗　担担面
那天空镀了金
晃得人人都看不清
有谁能够　扶起一所房子呢
人说
今年的汶川　满山的樱桃都熟了
已没有人来收割
一阵烟　化成了云烟
像山一样
凝固在我们头上
不管

长年的北风还是来自海上的南风

都不能把他们吹散

请你

勤劳的土地

请你不要再五谷丰登

因为土地上已经没有了他们

鱼相忘于江湖

鱼忘记了沧海

虫忘记了尘埃

神忘记了永恒

人忘记了现在

也是没有人的空山

也是没有鹰的青天

也是没有梦的睡眠

也是没有故事的流年

忘了此地是何地

忘了今夕是何夕

睁开眼睛就亮天

闭上眼睛就黑天

太阳出来　为了生活出去

太阳落了　为了爱情回去

班若波罗揭谛……

散场曲

灯已暗了

旧州歌就要唱完了

这是最后的音乐

没有人需要鼓掌

只剩下你

来自异乡的姑娘

坐在阁楼上

想起你的名字我又醉了

明天不会是末日

没有人需要疯狂

夜阑人静酒已尽

只有我在这里唱

没有公共汽车了

通向你郊区的住房

找个大排档

一杯一杯到天亮

没有公共汽车了

通向你心中的梦想

找个大排档

一杯一杯到天亮

没有公共汽车了

通向你心中的爱情

找个大排档

一杯一杯到天亮

……

番外　　关于老周

温暖和百感交集的旅程[*]

文　罗永浩

2003年的前后,我和几个朋友每周都会去北四环的无名高地酒吧,看民谣歌手小河的演出。有一天,小河突然拔高嗓子,唱了一首明显不是他的风格的歌,旋律异常动听,因为几乎是清唱,所以歌词也听得清清楚楚。当时气场顿时异样起来,我们都觉得好像这不是庸俗的"歌词"和"歌曲",而是久违了的"诗歌"和"音乐"。

---
[*] 本文为罗永浩为周云蓬诗集《春天责备》所作序言。

小河唱完下来喝啤酒，我们凑上去问这是哪位高人写的歌，小河说，这是他的一个朋友，著名的盲人歌手周云蓬写的。我们当时全惊了，你没法相信一个盲人能写出这样的句子：

> 解开你红肚带
> 撒一床雪花白
> 普天下所有的水
> 都在你眼中荡开

这首歌叫作《不会说话的爱情》，除了小圈子里的文艺青年通常会喜欢，同时，它也具有成为一首大红大紫的经典流行歌曲的全部元素，但最终却没有成为传唱一时的时代歌谣。一个默默无闻的优秀作品有时候会使你忍不住心生感慨，它让你很想骂这个走宝的时代，你不知道你错过的是什么。

后来我终于在无名高地见到了一次周云蓬，他身材魁梧，长发披肩，戴一副墨镜，在昏暗的酒吧灯光下显得很严肃。那天他上台连着表演了几首，不知道为什么，都是翻唱老歌，我觉得没什么意思，就提前走了。这之后不久，我搬家去了天津近两年，所以就很少再去无名高地看演出了。这期间周云蓬的第一张专辑《沉默如谜的呼吸》正式发行，我在福声唱片买了一张回来听，感觉一大半的歌曲都很喜欢。又过了几年，他的第二张专辑也发行了，我听了之后很意外，因为周云蓬给我的感觉一直都是一个很自我的老文青，没想到突然写起了厚重有力的、充满现实关怀的作品。好像很少有中国的民谣歌手做这样的尝试，虽然对民谣来说，那本是一个古老的传统。

再后来，我的朋友张晓舟组织的一次饭局上，我又见到了久违的周云蓬。一顿饭吃下来，才发现他其实是一个非常开朗乐观的人，并且有着骨子里善良的阴损幽默感，让我倍感亲切。这时候我已经做了两年牛博网，就邀请他在牛博上也开了一个博客（盲人大侠周云蓬老师借助一些语音软件，可以自己收发手机短信，还可以自己上网浏览和写作！）。

由于专辑取得了较好的市场成绩，周云蓬的生存状况改善了许多，音乐生涯也从早年的"流浪卖唱"变成了今天的"巡回演出"。和很多潦倒的时候让人误以为不靠谱、没追求的文艺青年一样，周云蓬的处境变得好了一些之后,很快也显示出他"可以做更多的事"。今年春天,周云蓬发起了给贫困盲童提供捐助的"假如给你三天黑暗"计划,联合二十多位国内的优秀民谣歌手,共同推出了一张备受赞誉的慈善义卖唱片《红色推土机》。在这次活动的文案中,周云蓬说道:"我无法承诺为某个盲童带来一生的幸福,这个计划只是一声遥远的召唤,就像你不能送一个迷路的盲人回家,但可以找一根干净光滑的盲杖,交到他手中,路边的树、垃圾箱、风吹的方向、狗叫声、晚炊的香气,会引导他一路找回家门。"

我作为一个一首诗也不敢拿出来见人的前诗人,这一次有幸应邀为周云蓬老师的这本诗文集作序,备感惶恐。为了郑重其事,我用了一个下午加晚上的时间仔细读了一遍书稿,有些关于挣扎和成长的段落还颠来倒去地看了好几遍。整个心潮起伏、充满惊喜的阅读思考体验,对我来说,是一个"温暖和百感交集的旅程"(余华语),非常希望能把这种措手不及的幸福和大家分享。

最后,我想套用爱因斯坦赞美甘地时用过的著名句式表达我对周云蓬老师的喜爱和敬意:后世的中国音乐人可能很难相信,在那个艰难岁月里,有过这样一个双目失明的血肉之躯,背着一把破琴孤身上路,喝着酒,抽着烟,泡着妞儿,唱遍了这片土地的山山水水和角落。

2010 年

关于周云蓬的二十二件小事

文 大方[*]

1

在纽约的康尼岛,坐在大西洋边,老周讲他1991年去秦皇岛,第一次到海边,高兴,挂着盲杖蹚着水就下海了。一个浪过来,把盲杖打入大海,他说:我想坏了,我可怎么回岸上去啊,在大海里也辨不清方向。我赶紧问:后来呢?后来,那根盲杖又被浪冲到我身边,我立刻抓

---
[*] 独立音乐人,周云蓬前经纪人。

住，拄着走上岸。呃……这个，是现实版的大海捞针。

2

老周不会游泳，但是胆子大。他第一次下海"游泳"是在台湾。朋友劝老周潜水：我们暂时去不了外太空，就到内太空体验一下吧。老周说好。他这一答应，朋友赶紧连夜开会布置，安排最好的潜水教练带老周，让老周使用最简便易学的氧气面罩。第二天潜水，老周被十几个人环绕保护着，还有人专门摄影、录像。老周上岸后说：潜水挺好玩的，有点上瘾了。教练说：这里第一次有盲人潜水。所以，严格地说，老周那一次下海不是游泳，是潜水。

3

老周真正下海游泳是在希腊伊兹拉岛。喜欢莱昂纳德·科恩的朋友一定知道科恩在伊兹拉岛生活过很多年，喜欢科恩的老周在那个岛上住了一周。我给他买了一个游泳圈，他每天套着游泳圈在爱琴海里漂一会儿。有一天我们去搭乘一个"环岛一日游"的游船,那艘船会停靠在几个风景好的海边,大家顺着船上的舷梯下海游泳。停靠点距离沙滩还是有一段距离的,脚踩不到底。老周一点不犹豫,兴高采烈地套上游泳圈就下海了。第一次的时候他一手扶舷梯,一手在海里划拉,过一会儿就放手游了,我跟在他附近游。有一次我游累了要上船,老周说:我再玩会儿,你先上去吧。当时风平浪静,他就在船边,我觉得没什么危险就上船了,一位刚上船的希腊大姐吃惊地对我说:他一个人在海里能行吗?我说没问题。那个大姐看我不在乎的样子有点生气,扭头就跳进海里去拉老周。我冲老周喊:有个大姐要把你拉上来。老周被拽上船后不太高兴:我还没玩够呢。科恩故居是必去的,那段时间正好科恩的儿子住在那里,不用打探,岛上每个人都会告诉你:科恩的儿子前几天回来了。科恩故居在岛的高处,我们走过去的时候老周哼着《哈利路亚》(*Hallelujah*),于是,科恩故居二楼原本开着的窗子就关上了,里面正在讲话的一男一女也不出声了。老周笑着说:估计每天有很多人来这儿唱科恩的歌,他家人都烦死了。

4

老周也喜欢爬山,所以选择在大理定居。2016年11月,导盲犬熊熊从大连来到大理陪伴老周。同小区里有一只漂亮的金毛唐唐,和熊熊情投意合。一次我们带熊熊和唐唐一家爬苍山,下山时没走台阶,顺着一条布满碎石的河谷跌跌撞撞地下去,经过一大片坟地时在里面转来转去找不到下山的路,一男子突然出现,问我们做什么,然后给我们指了一条出路。后来提及此事,老周悠悠地说:也不知道那位是人是鬼。

5

那时候去外地演出都是带着熊熊的,通常早上我先去酒店餐厅用餐,我会和餐厅说我需要给导盲犬带一点吃的,然后给熊熊拿一点适合它吃的东西,比如:煮鸡蛋、煮地瓜、没刺没盐的烤鱼、蔬菜、水果。回去给熊熊喂一部分后再带老周去吃饭,留熊熊自己在房间,老周会和熊熊说:爸爸出去打猎,你等着。老周回去后再喂它一些狗粮以及这些零食。等候期间熊熊会安安静静地在房间待着。

6

老周热爱读书、旅行，旅行时喜欢走路。一次在京都闲逛，在小巷中遇到岔路，我问走哪边，老周说：我也不知道哪条路有伏兵啊。

7

也是在京都，王小山从大阪到京都看望老周，请我们在花见小路吃怀石料理，餐后我们步行送山哥去坐京坂线回大阪，走到四条，山哥说：请回吧，马上到车站了。山哥转身离去，老周对我说：鞠躬。然后他在摩肩接踵的人流中，冲着山哥的背影，深深地鞠躬。

8

2016年老周大病初愈后和我说：出去看看演出吧。我说你想看谁的？查查罗杰·沃特斯在哪儿演呢。我一查，十月初在加州有个音乐节"Desert Trip"，除了罗杰·沃特斯，还有尼尔·杨、鲍勃·迪伦、保罗·麦卡特尼、滚石乐队、谁人乐队。老周听到这几位齐聚一堂，一声令下：去。到洛杉矶后我同学杜维、郑朴捷夫妇开车陪我们到音乐节。在音乐节上遇到老周的粉丝晓滢和颜祺，他们给了我们两张有座位的内场票，我们之前买的票是没有座位的。之后在几十万观众中我们偶遇了卢中强夫妇。当保罗·麦卡特尼唱起《Let It Be》时，老周说在披头士的时候这歌也是麦卡特尼唱的，这就相当于听到披头士的现场了。

9

2017年，在北岛老师发起的香港国际诗歌节开幕演出上，老周和乐队演出之后是崔健压轴，为了填补崔健团队准备的空场时间，主持人许戈辉请老周留在舞台上，请他清唱演出时没唱的《不会说话的爱情》。后来戈辉姐问老周，你为什么不是只唱一两句而是把一首歌唱完？老周说：要唱就都唱完吧，不然回家还得把剩下的唱了。演出第二天，崔老师看到老周后拍着他肩膀说：云蓬，我喜欢你的作品。

10

也是2017年香港国际诗歌节,有一场诗歌朗诵会,其中香港著名作词人周耀辉先生会朗读他自己的作品,开场前他过来和老周打招呼:云蓬,你能来我太高兴了!朗诵会开始,耀辉先生登场,他说要用粤语朗读,然后用普通话冲着站在第一排的老周说:抱歉啊,云蓬。

11

有位老诗人批评余秀华,"她理想的下午就是喝喝咖啡、看看书、聊聊天、打打炮,一个诗人,对人类的命运、对祖国的未来考虑都不考虑,想都不想"。老周感慨:等我老了,可千万别这样。我说如果你老了在台上这么讲话,我如果在会把你拉下来的。他说:那多不好,你就跟我说"喝喝咖啡,打打炮",我就闭嘴了。

12

老周在网上和某位"诗人"吵架,我说怎么写得那么差的人也好意思叫自己"诗人"呢,他说:诗人门槛低，也没有个评判标准，不像弹琴，"诗人"不是一个职业，一个人只有写出好诗的时候，才能被称作"诗人"。

13

参加澳门"隽文不朽"文学节，演出场地是有百年历史的岗顶剧院，我站在剧院外跟老周感慨：我们几年前来澳门，看到这个漂亮的剧院，我当时想什么时候能来这里演出就好了，结果就来了。老周说：那你还是想想麦迪逊广场花园吧。

14

2018年，我们利用巡演间隙匆匆忙忙飞到伦敦，直奔O2体育馆看看有什么演出。我一眼看到Queen，我说：老周，有皇后乐队！Queen！他说：啊？真的？你再确认一下是不是那个Queen，别是那种copy乐队，也别到时候伊丽莎白女王颤颤巍巍上来了"我是Queen，我是真的Queen"。我于是笑着问售票窗口里的工作人员：Is this Queen that Queen？那位女士看看我又看了一会儿电脑说：你等我确认一下。她走到后面的办公室，过了一会儿回来说：Yes, this Queen is that Queen。那场演出皇后乐队与亚当·兰伯特合作，也是因为在那场演出中被布莱恩·梅的一段 solo 打动，老周后来买了一把电吉他，偶尔在演出中也会秀一段。

15

圣安妮教堂以它绝佳的声场著称于世。我和老周走进去的时候有十几个人站在教堂祭坛前唱《奇异恩典》，一位穿白色袍子的神父走过来对我们说：一起去唱吧。老周记不住英文歌词，在旁边靠过道的座位坐下，我加入了唱赞美诗的人们。唱毕，他们离去。神父又走到老周身边：这个教堂的声音很好，我们欢迎所有的人在这里唱歌，你不要害羞，唱吧，不要害羞。老周站起来，开始哼唱。他一开口，神父立刻惊呆了，他在老周身后坐下，陶醉地看着。那位神父的名字是彼得，大家称呼他：彼得神父（Father Peter）。彼得神父想不到这个害羞的盲人是一位职业歌手啊。四年后，2019 年，我和母亲去耶路撒冷的时候又去看望了彼得神父，我给他看之前的照片,他还记得老周。

16

第一次和老周去伊斯坦布尔时,住过一段时间民宿,老板叫巴尔巴罗斯(Barbaros)。住了几天后巴尔巴罗斯请我们吃饭,席间他问了老周很多问题。其中之一:你现在想结婚吗?不想。为什么?我想要自由,没有什么比自由更重要。闻听此言,巴尔巴罗斯一脸的肃然起敬。

17

在摩洛哥的菲斯老城,有一家卖当地音乐唱片的音像店,老板是位热情的阿拉伯小伙子。第二次去的时候,他熟络地拍着老周:我的兄弟,你随便挑,我的店就是你的店。老周说:比我们东北人还能忽悠。

18

在伦敦的英国国家美术馆,老周说:你去看吧,我找个地方坐着等你。我快速地在各个厅里跑来跑去,转了一圈回去，他有点赌气地对我说：对于一个看不见的人来说，坐在美术馆里，知道凡·高就在旁边，是很残忍的。不过在大英博物馆，他参观得非常开心，在那里视障人士和陪同可以在服务台领到一个写着"触摸参观"（Touch Tour）的牌子挂在脖子上，如果遇到展品边上有一个指示牌，上面画着一个眼睛图案，老周就可以触摸，那个眼睛图案边也有盲文。埃及馆里可触摸的文物非常多，都是几千年前的真文物，老周最喜欢的是圣甲虫，在博物馆商店里买了一个复制品。纽约的大都会艺术博物馆也有视障人士可触摸的展品。

19

和老周一起走路的时候，通常是他用左手拉着我的右臂，右手拄盲杖，我们走路的速度非常快，同行的人常常说跟不上。有一次在马德里，刚好张玮玮夫妇也在马德里旅行，我们约了晚上在一个啤酒馆见面。晚上我和老周急匆匆地往啤酒馆走，我的注意力集中在马路上的车辆和路面上的障碍上。当我们经过一处有很多闲人的路段时，老周突然大喊一声，我扭头看他，看到他身后有两个当地年轻人，一人跌倒在地，我以为我们撞倒了他，立刻说 sorry（对不起）。老周说：有人碰我的包。那两个人快速向反方向跑了。老周在觉察到有人碰他的时候下意识地用盲杖横扫了一下，结果把那人打倒，终止了盗窃行为。老周不愧在高群书导演的电影《神探亨特张》里演过东北贼王。我们接着走，老周批评我：你竟然还对他们说 sorry！我们去过很多以治安差闻名的地方，比如纽约的哈林区，毫发无损，只有在西班牙遇到这种情况，他们竟然对身体有障碍的人下手，无道。

20

2019 年 3 月，老周的旅行随笔集《行走的耳朵》确定可以在四月份出版，我和老周商量发布会如何办。他说：要是齐姐能来就好了。我说也不是不可能。他说齐姐那么忙，运作起来太复杂。老周和齐豫老师结识于 2015 年台北的"民歌 40"演唱会，在准备出版《行走的耳朵》时，齐豫老师为这本书写了序。我和齐豫老师方面反复沟通，确定她能出席后才把消息告诉老周，给了他一个大大的惊喜。2019 年 6 月 28 日，新书发布会在南京先锋书店举行，齐豫老师专程从台湾赶来做嘉宾。发布会上他们边聊边唱，齐豫老师演唱了《橄榄树》，老周翻唱了《答案》，唱了自己的歌《我听到某人在唱一首忧伤的歌》。我第一次见到老周紧张，讲话字斟句酌，弹琴唱歌紧紧巴巴地，完全没有平时演出时说学逗唱的自如。他说：九岁时偷听收音机短波，听到《橄榄树》，觉得怎么那么好听，没想到有一天可以坐在齐姐旁边，太幸福了！

21

周老师做讲座，被问到作为盲人是否觉得生活苦闷，他回答：如果让我每天朝九晚五坐地铁上下班，我宁可看不见，过现在的生活。

22

东京上野公园不忍池中的辩天堂，供奉七福神之一的辩才天，据说辩才天是学者、艺术家、音乐家们的保护神。2019年元旦后，老周在那里让我帮他在祈愿的绘马上写上新年愿望：再出一张好听的唱片，写一本好看的书，谢谢大方，2019年1月9日。

  后记：这些零零碎碎的小故事是去年写的，写完就放下了。这一年发生了很多事情，我不再奔波于巡演路上，多了很多时间做自己的事。自由旅行遥遥无期，回忆一下也好。老周说，还有很多有意思的事你没写呢，比如那件事……还有那件事……怎么也能写四十多件吧。我说，以后再写吧。

2020年11月18日
修改于2024年11月14日

浅聊周云蓬

文　刘东明

有一年冬天在大理的一个酒局上,老周喝得兴致起了,用他惯有的幽默举着酒杯说:"以后我死了,就让刘东明来为我写传。"说完起身干了杯中的杨梅烧,烟酒混杂的苍蝇馆子里,众人的笑声挡住了屋外的寒气。多年后老周依然健在,而我已经等不及要向他致敬了!(模仿他过去演出中致敬罗大佑的句式)传记自然是不用我写,不过浅聊下这位相识多年的老友,八卦一点无伤大雅的趣事还是可以的。

零几年的时候我在音乐杂志上看到周云蓬的一篇采访，随书附送的CD里面收录了他的《盲人影院》，我那个时候刚从摇滚迷上民谣，这首歌写得好，有一点民间曲艺的调调，歌词又是讲一个人旅行的经历，和曲子很契合，一下子就吸引住了我，我记得应该是听进去歌后才又去看了那篇采访，当然对他那些后来被媒体津津乐道的经历也是挺佩服的。在我看来，《盲人影院》属于他最好的一批作品，此后，我也更坚定地去写民谣音乐，我想潜移默化的，和那个时期听到他们一批人的歌有关。后来我和乐队去无名高地驻场演出，和老周结识，初见面的情景依然记忆清晰，我问他，喝点？他说行。酒吧酒贵，他有经验，让我去外面超市买了一瓶绍兴黄酒，就这样聊了起来。他一个人演出，和当时的女朋友住在香山，每周来这里唱一晚，除此之外并没有什么稳定收入，我才知道，我们大致情况都一样。

老周爱喝酒，我也爱喝酒，加上我俩比较聊得来趣味相投，一来二去很快就相熟了，我那时候和女朋友住通州，和老周一东一西相隔很远，有时约一场酒，喝完太晚走不了就睡对方家里，我也是在他家里第一次见到了没有显示器的电脑，老周用键盘在输入着什么，音箱里传出冰冷的语音，我看得一愣一愣的。晚上我们没尽兴，继续喝，边喝边对音乐界进行批评：罗大佑变得有些浮夸了，一会儿西伯利亚一会儿喜马拉雅的，哪有黑漆漆的孤枕边那么动人。最不能忍受的是谢天笑，有那么多钱，演一场砸一把吉他。

有一次在通州我家，他第二天回香山，临走时我的女朋友握着他的手说，再见啊周老师。老周说当时有一种不祥之感，果不其然，没过几天我和女朋友就分手了。我那个伤心啊，和老周一起去了五台山拜佛散心，遇到大雪封山，小巴拉着我们一车人出了车祸，一头撞到山崖边，原地转了三百六十度才停下，幸好有围栏挡住，底下就是万丈深渊，一车人都吓傻了，只有老周淡定。在五台山几天，我心乱，佛门净地前天天戴着耳机一遍遍听《一生所爱》，觉得自己快不行了，爱情真是折磨人啊。老周也没劝我，也没陪我喝什么酒，我有点不高兴，但我们从五台山回来没多久，他也和女朋友分手了，我算多少找回来点平衡。

老周读书多，肚子里有知识，不管文学还是历史他都了解很多，不过他倒是从不刻意彰显，和他聊天也不会有这方面的压力，不像有的文人，一张嘴就引经据典，让人觉得高高在上。我觉得这点最好，知识是在用到它的时候才用，而不是用在让自己显得有知识。但是喝了酒后，老周的酒品就没我好了，属于攻击性人格，有一段时间他几乎每次喝酒都会逮住一个话不投机的人进行全方位压倒性攻击，如果他手里还攥着盲杖，最好离他远一点。但人总是见人下菜碟，不单指老周啊，我说的是所有人，无一例外。老周当然也是，不过他没攻击过我。有一次我在绍兴演出，我的一个朋友不远千里飞来见我，我们一大帮人聚餐，完了我有事提前离场，第二天一早收到朋友发来短信，说人已经在机场准备回去了，晚上的演出也不看了，心里太难受，因为后来的酒局上被老周批评得元气大伤，最可笑的是我都不知道为什么事情起的争执。

老周的这份性情可能在多数人心里觉得过于偏执，他敢说，遇到看不惯的事情非要说出来，说完了要是觉得说错了，他也敢于承认道歉。但有时候并不能得到别人的理解。头些年老周移居到大理，每次我去巡演，他都会主动请缨给我做嘉宾，其实我当然明白他是想借他的号召力帮我带些票房，但他也很在意一些礼节，比如有一次我没经他同意就决定把演出票款捐给当地一个灾区，他知道后很生气，说我虚荣心作祟。我虽然嘴上给他道歉，但心里也气得要命，觉得这也太小看我了。后来想想也就无所谓了，我有我的错，他有他的错，朋友不能过于较真儿。每个人都有自己的处世之道，和不同的朋友有不同的相处方式，不可能对待谁都是一样，那样很假。我觉得酒肉朋友是最好的，没有那么多复杂的事，大家喝喝酒吹吹牛，谁离开谁都一样过，这样才能做长久的朋友。我和老周应该就属于酒肉朋友，因为我们见面不喝酒时也没什么话可说。

老周有时情绪波动大，给我打电话约见面时很兴奋，说你明天来咱们喝点儿，好久没见好好聊聊，晚上就住下别走了。我还挺开心，第二天美滋滋坐半天交通工具去找他，结果不知道为啥，他情绪掉下来了，我就觉得特无聊，哥们儿大老远来都来了，你耷拉个脸给谁看呢，以后还是少约吧，等过阵子又碰上，这回情绪好，我俩又聊得很开心。

好像说半天就说喝酒了，当然老周是音乐人、诗人，但这些我不专业，专业得留给乐评人说。我说好，大家未必觉得好，我也有一些朋友就不喜欢老周的音乐，不过不重要，我还挺喜欢的，但创作要时刻保持清醒，包括写词、谱曲、演唱、演出、创新、守旧等，不要总想弄好，写不好就写不好，创作早晚都会枯竭写不出来，谁要觉得会越写越牛，我也不抬杠。老周的现场这两年我看得少，看过一次大编制乐队，感觉不是很好，花里胡哨的不够干净，但人多热闹，可能对票房有帮助吧。老周很早就劝我上综艺节目，有一天他打来电话，我记得我当时有些生气，我说你要去你去，你不去就不要劝我，他讨了个没趣。多年以后他真的去参加了民谣综艺，又打来电话叫我，结果我还是没去，后来他还成了冠军。网上有人找碴，说老周之前天天骂综艺，自己又去参加，打脸了。老周也不急，回复说人总要推翻过去的自己。

前不久我到京都去找他，老周像是一个导游，带我去附近的 Live House，又曲里拐弯到一个可以抽烟的居酒屋喝酒，在一个语言不通的地方，这需要极大的能耐，换作是我，肯定没有他的勇气。他说，这个居酒屋好，大家都可以咋咋呼呼，没那么多规矩，适合我们国内来的人。

温暖时常会在，只是不需要煽情。老周自发联系音乐人朋友出了两张公益专辑用来帮助盲童，每年做盲童夏令营，带他们去大城市吃喝玩乐，事情虽小意义挺大，人在青少年得到的温暖和启发，影响是深远的，这是件很美好的事情，是老周内心的善意。总之我觉得老周是影响我最深的音乐人，也是我生命中最重要的朋友。我们是音乐人，是独立的个人，人就要创造不同的声音，不管是悦耳的还是刺耳的，要让声音发出来，尤其是在这个只会说好话的时代。

2024 年 7 月 16 日

夜行者说

文　周云蓬

中国现在有1730万盲人，每年还将有一定比例的人毫无准备地进入到这个行列中来。这个比例仿佛一片必然性的乌云笼罩在人群上面。我属于这数千万人之一纯属偶然，这是正如你的健康一样的偶然事件。

我高中以前就读于沈阳盲校，常有一些残疾人作为身残志坚的模范被拉着到处做报告。大多数人是自学了几门外语之类，其格式大略是说自己经受了多少磨难，但最终战胜困难，取得成绩云云，大意仿佛在说残疾是一种专属的奖赏。我对此并不以为然。残疾确是人生之缺憾，这是即使成了拿破仑也无法弥补的。何况那些被感动得涕泪交流的观众们，谁不在暗自窃喜着自己的健康与幸福呢？以创伤为勋章是对自己曾经受过的一切苦难的亵渎。

常有人问我："你看不见是否非常痛苦？"我说："还可以。"他们于是称赞我的坚强。我亦不知应喜还是悲。痛苦是本原性的问题，它从本质上讲是一个偶然事件的附属物。身体上的某一缺憾是生活的一个背景，亦是痛苦的背景。我在高中时代爱上的薇薇，她是由于高度近视从别校转来的。我们在学校附近的公园里约会，被门房老大爷盯了梢。学校于是找到了我们，差点给我们处分。这时我感到看不见确实麻烦。我这个老师心中的好学生从此名声扫地，但美好的初恋却是无法被抹去的。我情愿像一团泥那样瘫软在自己的幸福中，也不愿成为广场上站立笔直的塑像。

不过，作为一个群体，我们是举步维艰的。这需要健康人的帮助。这种帮助并非放高利贷者的帮助；帮助的目的也并非为了使他们成为感动众生的楷模。他们应当有选择何种生活方式的权利（包括高尚的和不高尚的）。

我上大学时曾去四平盲校实习。那是一个全国闻名的模范特教学校，我在那里住了十天，置身于其中，感觉与外界的宣传大相径庭。那儿的孩子们大多来自吉林农村，家境贫寒。食堂的伙食极差，学生们多数精神抑郁。我结识了一个十一二岁的小姑娘，她是先天性失明。据说她歌唱得非常好。大家围坐一处，想听她唱歌，一个高年级的女生陪着她。那女生说："童童，给我们唱首歌吧。"大家很安静。那女生又说："一，二，三，唱！"孩子沉默着，如此多次，她的歌声才突然响了起来。她唱的是"白涯涯的黄沙岗，挺起棵钻天杨"。经她的口唱出，这首歌经加工后的浮华、庸俗之气沉淀净尽，只剩下那种来自民间的愁苦和苍凉。令我们感动的不仅仅是这首歌，更在于这样小、这样封闭的一颗心灵对忧伤的理解，它事实上承载着何等重量的负担。听她姥姥说，她在家里就很孤僻，不爱与人说话，只是偶尔听听收音机，因此除了那首歌外，她几乎没有跟我们中间的谁说过一句话。

这是七年前的事了，不知这个小姑娘如今境遇如何。

我将为她祈福。

前面说过，我上了大学，那是在长春大学特教学院，专业是中文。不得随心所欲地阅读是失明带给我的最大的不便。那时我想出一个好办法：教人弹吉他，以此换取学生为我阅读一小时书籍。当时我收了二十多个学生，每天至少能读两个小时的书。

其实，不能更广泛深刻地阅读是影响盲人生活质量的一个重要因素。这是很无奈的事。然而我后来见过的一些于个性和天分上都不缺乏的年轻健康的艺术追求者，却总是以为读书会对灵性有妨碍。其实对我们这个本已缺乏精神追求的浮躁的年代，宣传读书无用恰似对一个食不果腹的人大谈食肉有害健康。不读书是一种自绝于人类以往的精神财富的行为，以惰性为个性。你要做反叛者吗？请先做创造者。正如尼采在《三种变形》中所强调的，只有狮子的精神还不够，还要加上婴儿的——创造的精神。

大学毕业后我来到北京，住在圆明园旁，成为当时盘踞于此却即将没落的艺术村的一员。当时日子过得很自在，大家一见面不问"你吃了吗？"而代之以"你搞什么的？"或云搞摇滚的，或云搞抽象的，或云搞行为的，甚或搞对象的。当时我在北大小南门对面的图书城卖唱，经常有一些学生上午就等在那里，帮我插好音箱，弄好话筒，一直陪我到晚上。有一次一天赚了一百多块钱，满满一书包毛票，蔚为壮观。夜晚不慎将一盆水倒在书包上，于是我整夜不睡，将一张张湿淋淋的钱铺在床上，等它们晾干。这"晾钱"的一幕也算是我生活中的奇景。

1996年，我去了青岛，之后乘船去了上海、南京、杭州；后来又去了泰安，在这个空气好得发甜的小城里住了半年多。1997年是属于南方的，这一路有长沙、株洲、岳阳、奉节、白帝城、宜昌，等等。1998年，我终于来到了梦寐以求的昆明。后因盘缠用光，经贵阳、湘西、邵阳，困在永州，在柳宗元被流放之地游览了一番已难追旧迹的潇湘水云，只是感慨于满街充斥的各类烦乱的广告。

长年的飘荡令火车成为我梦中常有的意象。有时是买票，或走过车厢连接处寻找座位；有时在一个冷清的小站下车，坐在刚被雨淋过的长椅上，等着下一班火车的到来。

克尔凯郭尔把人生分为三种境界，即：伦理的、审美的和信仰的。我但愿能置身于审美的光明中。我是一个残损的零件，在社会精密的大流水线中派不上什么用场，那就做一个玩具，有朝一日交到一个穷孩子手中。这正如庄子所喜的：无用者大用。

只有将其视作审美对象，人生才不是虚无的。无论何种生活境遇，我所求唯美，足以振奋麻木的心灵。

我在天津读书的时候，有个同学名叫岳红。她自幼失明，从未看见过什么。有一次，她向我索要照片，如是屡屡，我却总无照片给她。她后来给我拿出厚厚的相册，告诉我她最爱收集她所喜欢的朋友的照片。请别对此惊讶，伽利略发明了天文望远镜，自己却双目失明了，这镜对他有何用呢？我深爱这些期望不可能者——生活无目的者。

我还没能写出一首好歌或好诗，就已经三十岁了。虚度的感觉像青苔一样布满墙壁。我写过一首叫《夜部落》的稍长一点的诗，还有几首歌曲。我的写作偏于概念化。于我而言，不达到一定的速度，是无法克服重力的，飞翔仅当那时才成为可能。我的爱尚且不够，因此病苦还不够深邃。大悲悯方是通往艺术绝顶的唯一道路。

我喜欢爵士乐，在不谐和与不稳定的音阶上踉跄舞蹈，仿佛沿着无限不循环小数跑向终极。我的音符是酒吧、大街、简陋的民房、火车站、故乡、陀思妥耶夫斯基、克尔凯郭尔、布罗茨基、卡夫卡，我在它们上面舞蹈、踉跄。直到在冬天北京灯光迷茫的地铁站遭遇我最爱的姑娘——所有不稳定和焦灼都化为愉悦。此刻我坐在桌前，等她回来。高唱一小节"哆"为我和你——我的读者，共同起舞，同时也结束这些文字。我也将为你祈福。

（全书完）

一直在路上，永远期待未来。

绿皮火车·一直在路上

作者 _ 周云蓬

编辑 _ 盐粒　　特约编辑 _ 柴晶晶　　主管 _ 洪刚
装帧设计 _ 崔晓晋　　内文排版 _ 三石柒
技术编辑 _ 白咏明　　责任印制 _ 杨景依　　出品人 _ 金锐

营销团队 _ 营销与品牌部

果麦
www.goldmye.com

以微小的力量推动文明

图书在版编目（CIP）数据

绿皮火车：一直在路上 / 周云蓬著. -- 南京 ：江苏凤凰文艺出版社，2025. 5（2025.7重印）. — ISBN 978-7-5594-9567-9

Ⅰ．I267.1

中国国家版本馆CIP数据核字第2025SJ8777号

绿皮火车：一直在路上
周云蓬 著

出 版 人	张在健
责任编辑	白　涵
特约编辑	盐　粒　柴晶晶
出版发行	江苏凤凰文艺出版社
	南京市中央路165号，邮编：210009
网　　址	http://www.jswenyi.com
印　　刷	北京世纪恒宇印刷有限公司
开　　本	770毫米×1092毫米　1/32
印　　张	11.75
字　　数	184千字
版　　次	2025年5月第1版
印　　次	2025年7月第2次印刷
印　　数	12,001～15,000
书　　号	ISBN 978-7-5594-9567-9
定　　价	68.00元

江苏凤凰文艺版图书凡印刷、装订错误，可向出版社调换，联系电话：025-83280257